望願く

福山

明神

零王 白彦

Reio Shirahiko

文芸社

望願！　福山大明神

第一章

黄色いダルマが、居る。

私が思わず立ち止まったのは、地元の中心街、通称『街』から少し外れた路地だった。

春先とはいえ青森の三月はまだ冬で、長根運動公園の木々は寒そうにその細い枝を風に揺らしている。

福山大明神

なんだそれ。

久々に帰省した故郷には、けったいな神社ができていた。狛犬の居るべき場所に一対の黄色いダルマを配した神社だ。右のダルマの腹には『望』、左のダルマの腹には『願』という文字が書かれている。それほど大きくなく、せいぜい人の頭ほどあるかどうか。きゅっとつりあがった眉ときょろりとした大きな目玉に、きつく結ばれた口。全体的にとぼけた雰囲気を持っている。

鳥居に掲げられた額縁の『福山大明神』の金文字だけはやけに年季が入っているものの、朱色よりも深みの濃い紅色の鳥居自体は、妙に真新しく見え、そして低かった。潜ってみれば私の頭すれすれだ。神社自体もかなり小さく、大人であれば容易に持ち上げられそうだ。もっとも、盗み出したところでメリットがあるとは思えない。

ご利益もありそうにはないし、粗相を働いても神罰が下りそうな恐ろしさもない。

新幹線開通に浮かれて、間違った観光名所を作ってしまったに違いなかった。青森の不憫な田舎町がやりそうな失敗である。

青森県八部柵市。それが私の故郷だ。

青森。特筆すべき特徴のないのが特徴の県である。訪れたことがない人も多いだろう。そして訪れようとは思わずに一生を終えるだろう。日本にそんな県が存在することすら気付かずに死ぬ人もいるかもしれない、と思うのは卑屈すぎるだろうか。北海道より遠いと思われている可能性もある。

あまりにも期待を寄せられないので、県民さえも自分の県の良さを見失ってしまっている感がある。

その総代表といって然るべき市が、誰がなんと言おうとも、我が八部柵市である。はっぷき市と読む。まずこの名前に脱力感以外のなにも感じない。

私の故郷に有るのは、僅かなリアス式海岸と、浜を埋め立てて造った長い長い岸壁。そして烏賊釣り漁船の漁り火だけ。

ねぶたも無ければリンゴも無い。

そして極めつけの、黄色いダルマ神社である。

福山大明神。

アホじゃないのか。

凄まじいまでのやっちまった感。

大体、なんでダルマなのだ。

ダルマとこの八部柵市となんの関係があるというのだ。

黄色いのはなにゆえだ。

福の山だの、大明神だの、大層なのは名前だけで、この閑散とした境内を見れば福の山どころか福が足りなくて谷ができているのは明白だ。

なんだか涙が出そうだった。


先刻、陽が沈んだ。

今は言うなれば大禍時。最も色の判別が困難な時間帯にもかかわらず、私には黄色や紅の微妙な濃淡まではっきりと見えていた。街灯は少し離れているし、狭い境内には電灯らしきものもない。それなのに、ろうそくの灯火に似た明かりが、張り巡らされた枝々を照らし、神社を包み込んでいる。

私は境内を一周した後、しげしげと左右の黄色いコマダルマを見た。しかしどんなに見つめても、八部柵との関連性は見えてこない。ここはダルマの名産地でもないし、ダルマにまつわる伝説や伝承もない。しかも黄色いダルマなど初めて見た。ダルマは赤いものではないのか。

「変なの」

思わず本音を漏らした瞬間だった。腹に願いを持ったコマダルマの目が、ぎょろっとこっちを見たのである。

私は息を呑み、瞬きすら忘れて、しばしの間『願』ダルマと見つめ合った。馬鹿げた考えが頭を過ぎる。

まさか本物の神なのか。

すぐにそれを打ち消して、現実的に考えた。ロボットだ。

最近の宗教団体はハイテクを駆使していそうだし、地方自治体は無駄なものに金を使うと相場が決まっている。一億円のトイレとか。さて、この人を食ったような顔のコマダルマ達はお幾らだったのだろうか。

「違うのである」

喋った。今度は反対側の『望』ダルマだ。口を動かしもせず、なおも喋る。

「ロボットではないのである」

「……」

己が何者なのか分かっていないようだ。プログラマーも酷な設定をしたものである。慰めてやりたいという衝動にかられ、その黄色い頭を撫でようと手を伸ばした、まさにその時。

虚をつかれ、私は顔を上げた。

音が消えていた。

後ろから聞こえていた車の行き来する音も、普段は気にしない風の音も、風によってざわめく木々の音も、音という音が消え失せている。耳鳴りさえしなかった。

黄色いコマダルマ達がキロリと私を見ていた。

「――」

後ろを振り返ってはいけない。しかし、私の頭は背後を振り返る。

そして目に飛び込んできた光景に、絶句した。

幾千幾万という鳥居が連なって、紅色の一本道がそこに有った。

果てしなく続く神の残酷色。

辺りは闇。

「なにこれ……」

ごくり、つばを飲むと喉の奥が痛い。

「見たまんまである」

と、腹に望みを抱えたコマダルマが言う。

見たまんま。

「あ。そうか、これ夢か」

夢だ。そうだ、夢だ。これは夢、夢だ。嫌な夢だ。

「ほう、夢ね」

『望』ダルマは馬鹿にしたように呟いてから口をにやっと歪めた。そしてムカつく顔のまま、ぺらぺらと喋り続ける。だがやはり口は開かない。

「ここは望願福山大明神である。望願である。望み、願うのである。望み願わなければ福山大明神を出ることはできぬのである」

なにがなんでも夢でなければ困る。私は超ベタな思考に縋った。

「あはは、さあ起きよう！　さっさと起きよう。もしかしたらまだ東京のベッドで寝てるのかもしれない。新幹線に乗り遅れたら折角の往復切符代が無駄になる。起きろ！」

気合いを入れて叫んだが、私に目覚めの気配は訪れない。

依然として二体の黄色いコマダルマが目の前でふんぞり返っている。背後には恐ろしげな紅い道が延びている。

嫌だ。

私は逃げ出した。どこにも逃げ場など無かったが、逃げ出さずにはいられなかった。

恐ろしい紅い一本道を、私は必死に走った。足元は闇だった。星の無い宇宙だ。もしかしたらまっ逆さまに闇へと落ちるかもしれない。この延々と続く鳥居の道は、本当に永遠なのかもしれない。そう思った時、疲労感に襲われ足を止めた。

来た道を振り返ると、紅の道が延びている。その先に、福山大明神は無かった。黄色いコマダルマ達もいない。

前を向いても、後ろを向いても、紅い一本道しかない。足元と左右と頭の上には、星の無い真っ暗な宇宙。

「……あれ？　どっちから走ってきたっけ」

後ろだと思う方に少し走り、前だと思う方に少し戻る。一本の道しかないのに、迷った。どっちに行けばいいのか分からない。

多分、この道を走り続けても故郷には戻らない。戻れるとしたら福山大明神だ。でも、どっちに走ればあの神社に戻れるのか、本当に分からなかった。

このまま一生、さまよい続けるのかもしれない。

嫌だ。

「嫌だ！」

涙と一緒に恐怖が込み上げてきた。

ふ。

そんな音がしたような気がしたのは、前触れもなく目の前の景色が変わったからだった。

左右に、一対の黄色いコマダルマが居る。その先には、小さな社がある。

助かったと思うと同時に、怒りが沸き起こり、すぐに鎮まった。

こりゃ無理だ。と、なにかを悟った。

「……望み願うって、望み願えば叶うんですか」

するとさも己の勝利であるとばかりに、コマダルマの揚々とした声がかかる。

「叶うかどうかは別だ。だがここから出ることはできるぞ」

おそらく『望』ダルマの声だろうが、左右の黄色いコマダルマ達は全く口を開かないので、今居る場所からではどっちが喋っているのか分からない。むしろその向こうの社から聞こえているような気もする。

私はパンと音を立てて手を合わせ、勢いよく頭を下げた。

「どうかここから出してください」

はっはっは。

「ふざけるでない」

ふざけてなどいるものか。この状況下においてこれ以上の望みと願いがあるというのならば是非聞かせてもらいたいものだ。

「ここから出してください！」

「全く、強情な」

呆れたような声がしたかと思えば、私の足元にドスドスっと二本の棒が刺さった。

「……」

血液が下へ向かうのが分かる。恐る恐る見上げると、棒はいわゆるノボリだった。赤い布に白抜きの文字で、『望み願え』『さもなければ永久に留まれ』と脅迫文が書かれている。

『願』ダルマが私をじっと見ていた。笑いを堪えるように目玉の下が引き上げられている。それを見た瞬間、私の頭の中のどこかのなにかが、ピンと音を立てて飛んだ。

「ふ……っざけてんのはんがんどだべや！　いい加減にしろじゃあ！」

東北訛りの中でもマイナーな青森南部弁は、あまり威嚇に向いていない。それでも漁師言葉の湊弁であれば、ガラ声濁声の絡み舌でなかなか凄みがあるが、私のように、自衛隊の人間が多い地域で暮らせば、感化されて若干標準語化されているし、東京で六年近く過ごしたらアクだって抜ける。九州から来た自衛官の方がずっと怖い。

そして私の最大の怒りを、『望』ダルマは茶化すように聞き返してきた。

「はい？」

憤怒のあまり声を出すこともあたわず、一度足元の闇を踏み鳴らすと、『望』の字目がけて悔しさを放った。コマダルマは意外とやわだった。私の拳は、その真ん丸い腹部をいとも容易く粉砕し、反対側に突き抜けた。

殴ったこっちの方が驚いてしまった。

「うっ、うわあぁ！」

「はっはっは。驚いている驚いている、はっはっは」

腹に大穴が開いているにもかかわらず、『望』ダルマは暢気に笑っている。なんて苛つくダルマだ。本当に苛つく。私は足の指に力を入れると、そのまま力一杯腕を振り上げた。『望』ダルマのやわな頭部分が、気味が良いくらい木っ端微塵になった。

だが、

「あっはっはっは。さて、そろそろ本気の望みを願え」

顔をなくしたコマダルマはなおも喋り続けたのだ。

全身が燃え上がるかと思った。しかしすぐにその声が『望』ダルマではなく『願』ダルマから聞こえることに気が付いた。

「……ふうん。今度はそっち」

「いいから、ちゃんと望みを願え。別に永久にここに留まってもらっても、我は一向に構わないのだぞ」

「また笑ったら今度は神社を壊すっけな」

『望』ダルマの破片を腕から払い落とし、社に向かってゆっくりと手を合わせた。本気で望みを願ってさっさとこの不快な場所から帰るのである。


真っ先に浮かんだのは、金だ。金が欲しい。

金があればなんでもできる。仕事をしなくていい、というよりも探さなくていい。フリーターからも脱出できる。私はニートになりたい。

ニートというのはそもそも、働かない人でもなく、働けない人でもなく、働かないと覚悟を決めた人間のことである。ホームレスとも違う。家事手伝いとも違う。生活のために金を稼がない人間のことである。

寄生している親とかが死んで生活の保障がなくなって、にっちもさっちもいかず、生活のためにはもう日雇いだろうが風俗だろうが売春だろうが詐欺師だろうが当たり屋だろうが強盗殺人だろうが手段を選んでいられない状況だとしても、仕事をしないと決めた人間のことである。少なくとも私はそう解釈している。目覚めた人一歩手前の聖なる存在である。

「そうか、それが望みか」

「いや、ちょっと待って」

望みであるが、一般的な現代日本人として願ってはいけない気がした。私は普通が一番であると信じる典型的日本人なのである。もっと正確に言えば、特別になりたいがなれるわけもないので、せめて変にならないよう普通を良しとしている量産型日本人なのである。フツーのニートは単なる負け組だが、本物のニートは人間ではない。

少なくとも人間でいたい。

そうだ、幽霊は究極のニートではないか。死んだらすぐなれる。だったら生きている時の望みを見付けた方が断然お得だ。

そうすると、望みは必然的に金になる。

言い訳のように聞こえるかもしれないが、私は守銭奴ではないし、金にそれほど困っているわけでもない。バイト代でなんとか生活しているし、借金もない。ただ、遊べないだけだ。

遊ぶ金欲しさと蔑むなかれ、些細な遊びである。例えば、レンタルＤＶＤではなく映画館で毎週映画が観たいとか、一ヶ月にいっぺんは服を買いたいとか、睫毛エクステ付けたいとか、バイト先で飲むドリンクを紙パックからペットボトルにしたいとか、気が向いた時気の赴くままにお洒落なバーで綺麗なカクテルを味わってみたいとか、そんな些細な些細な、でも今のフリーター生活からすれば贅沢すぎる遊びをするだけの小金を常に持っていたいのである。

それさえ可能なら八部柵に戻ってきたいくらいだ。

だがここには仕事が無い。夢も無い。

つまり、金が無い。そのくせ物価が妙に高い。バスを使わなければ本の一冊もまともに買いに行けない。車を持っていれば生活はぐっと楽になるが、免許をとる金が無い。免許をとっても車を買う金が無い。車が無ければバイトさえできない。バイトしないと金が作れないが、そのバイトすら無い始末だ。

青森の田舎。そのイメージはリンゴ畑と青い空、遠くに見える山の頂。

『まんが日本昔ばなし』に出てくるような風景が、多くの人間が抱く理想的な田舎だ。

だがこの八部柵はその田舎とはだいぶかけ離れている。

まず、リンゴ畑は無い。

再度言う。リンゴなんぞ無い。

道路はコンクリートで舗装されている。情緒ある日本家屋など殆ど無く、規格的な建売住宅や団地ばかりがある。製紙工場やセメント工場の建物が至るところにあり、一見すると東京よりも緑が少ない。

田んぼの真ん中を広い道路が走り、そこを大型トラックがビュンビュン行き来している。

そりゃあ、道路の舗装されていない山奥に比べたら物流はいいだろう。その代わり、全てが灰色だ。発展も遂げていないのに、コンクリートジャングル化している田舎。悲劇だ。

親友が昼に呟いていた言葉が蘇った。

「東京さ出たいな。ここもうダメだし」

全国チェーンのファーストフード店の窓際に座り、閑散とした街のメインストリートを見下ろしつつ呟かれた言葉には、諦めが色濃く滲んでいた。それに対し私は同意しつつも、一応東京に住んでいる身としては、他人の暮らす土地を悪くは言えなかった。たとえそれが自分の故郷だとしてもだ。

「でも、東京に来ても生活は良くならないよ」

親友が口にした、ダメだ、という言葉には生活の苦楽とは別の意味が含まれていることは、私だってよく分かっている。ここにいてもなにもない。時がただ流れ、ただ生き、いつの間にか死んでしまうだけだ。

ゆかり。それが親友の名前だ。

性格はちょっとさばさばしているが、肝っ玉があり、女のたおやかさなるものもしっかり備わり、機転は利くし賢い。モデルとか女優になっていてもおかしくないルックスに奇跡のプロポーション。才色兼備良妻賢母になること間違いなしだ。

だがそんな彼女は、地元のしがない居酒屋でバイトをして生計を立てている。自動車学校のローンを払い終えた今は車のローンを払っていて、払い終える頃には買い替え時だそうだ。

彼女の両親の思惑としては、音楽学校に通わせ、その後は音楽大学、ゆくゆくはエレクトーン奏者にしたかったそうだが、音楽学校はこの市に無い。他市や他県に留学めいたことをさせる予定だったと小学校あたりの頃に聞いたが、お母さん集団の顰蹙を買って断念したようだ。

「お宅は学習院？　宅は慶應幼稚舎ざますのよ」

なんて会話がされる地域からすればビックリだろう。この土地では英語教育がちょっとだけ進んでいる私立の小学校に入れようと企むだけで、

「あそこは子供を過大評価しすぎよ。自分の程度が見て分からないのかしら。わざわざ小学校に入れるのに塾に通わせてるらしいじゃない。都会ならともかく、ここでそんな見栄を張ったら逆に無様よねぇ」

という扱いが待っている。実際にこの耳で聞いたのだ。というわけではないが、子供は意外と耳聡く、言葉の底にあるものを感情で汲み取るものだから、私の胸の奥底にはそんな会話が取り交わされていたと記録が残っている。夕方五時ぐらいのスーパーに行くと、不意に黒々とした嫌な気分が胸に込み上げるので、その類の会話は夕方のスーパーで交わされたに違いない。

そんな会話から十数年の時を経たゆかりは、音楽学校に入れておけば、あのままエレクトーンを続けさせておけば、いっそ東京の学校に行かせていれば今頃は、と両親が悔しがるような大人へと成長していた。

実際に、オーディションを受け続け、高校時代にモデルとなって東京の芸能学校に転校した青森出身の俳優もいる。

ゆかりにだってそれに近い人生はあったはずだ。勿体ない。

しかし、夢を見るのは本物の才能のある人間と、金のある人間と、都会の人間だけだと思うのが、私の故郷なのだ。

テレビの向こうで成功した人間は、この県に生まれこの市に育った人間達とは細胞の構成から違っている。自分達には自分達に見合った冴えない日常がおあつらえ向きだと思っている。

この地には諦めが育った。大きな根を張り、枝葉を伸ばし、繁殖を重ね、立派な青い森となっていた。

だからではないが、新幹線の開通は、喜びと共に、八部柵には荷が重いのではないかと心配だった。東京で目にした観光客集めのパンフレットを見た時にも一抹の不安を感じた。

懸念は裏切られてほしいと思ったが、悲しいかな、裏切られることはなかった。

新幹線で帰ってきた私は、駅に降り立って愕然としたのだ。

なにも無い。ガランとしている。人がいない。妙に風通りがよくて寒い。駅のカタログでもあるのだろうか、やり手の営業マンに乗せられて選んだとしか思えない、個性もなにも無いグレーのハコモノと化していた。

風を真正面から受ける長いエスカレーターから「おんでやぁんせ」というメッセージの旗を見た時は、泣き喚きたい衝動にかられた。

だだっ広い空と遠くに見える山と、民家とパチンコ屋の屋根と、コンクリート色の気怠さしかない。「おんでやぁんせ」と言いながら、もてなす気持ちが全く感じられない。飾らないありのままの姿を見てくれとでも言っているのか。飾らないありのままの姿に見てもらうだけの価値があるとでも思っているのか。

「仕方ないよ。だってどうしようもないもん、八部柵」

と、ゆかりに言わせるヘタレのくせに。

なにも無いならいっそのこと田んぼだらけにしてしまえばいいのだ。

南部の魂、津軽に売って、その辺にリンゴでもなんでも植えてしまえばいいのだ。そうすれば清々して故郷を捨てられる。

やることなすこと中途半端。新幹線が来たって全く発展しなかった。情けない。

どうにかならないものか。

「うちの地元はそこそこ良いとこだよー。田舎だけどさ」

と笑いながら、この世で一番良いとこだっつーの、と心の中で思いっきり自慢したい。


カタン。と、社の中で音がして、私は顔を上げた。扉がカタカタ動いている。

「……なに」

じっと見つめると止んだ。静寂が訪れた。

「今の音、なに?」

話しかけても誰も答えない。『望』ダルマは九割が消失し、『願』ダルマは丸い目玉でじっと鳥居の向こうを見ている。

「なんなのさー。もー。さっきまでぺらぺら喋ってたじゃん」

すると社の中から声がした。

「望み願うのだ」

今度こそ神の声だと思った私は、とっさに手を合わせ頭を下げていた。心臓がどきどきしている。早く望みを願わなくてはならない。

金以外になにか望みとして相応しいものはないかと考え、閃いた。

アノ人が見たい。

これだ。これしか無い。これ以外になにも無い。

アノ人。中学校時代に一目惚れしてからずっと大好きで、浮気もせず一筋に見つめていた芸能人である。

あまりにも大好き大好きという態度を隠さないので、周囲はその国民的スターを名前で呼ばず、『あいつ』とか『あの男』と代名詞で呼ぶようになった。中には『あれ』呼ばわりする者もいた。そして私がちょっとでもその名前を口にすると、またかとうざったそうに顔を歪める。なのでここ数年アノ人のことを名前で呼んだ記憶が無かったりする。

ともかく、見たい。アノ人が見たい。

今の時期、東京ではきっと新広告の展開が始まり、電車やビルの上に巨大なポスターが沢山貼られているはずだ。あっちを向いてもこっちを向いても、上を向いても下を向いてもアノ人がいる。幸せだ。

どんな不幸だって、アノ人さえいれば幸福に変えてくれる。中学校時代、三年連続学年一荒れたクラスに振り分けられた暗黒期も、アノ人の切り抜きを下敷きに挟んで授業に耐えた。学校に行きたくない、そう思った夜は一人部屋で延々とアノ人の音楽ビデオを見て英気を養った。というか製造した。

アノ人がいなければ死んでいたんじゃないかと思う。早々に登校拒否をした同級生達も、私と同じように誰かを強く信奉すればよかったのだ。

だって、こんな変な神社に閉じ込められた今だって、思い出しただけで頬が上がり、嬉しさで笑い出してしまいそうだ。あの声を思い出すだけで、胸がときめく。

なのに、と私は自分の故郷を思い出して、堪えきれず舌打ちをした。

八部柵には、アノ人のポスターがどこにも無い。いや、そもそも広告自体が少ない。

上京して乗ったＪＲの車体。それにドンと貼り付いた等身大以上のアイドル達。そして車両の中にはファッション誌、ドラマ、映画、ＣＤやお笑いＤＶＤの発売からＨＩＶ検査の推進まで、ありとあらゆる情報が提供されている。

電車の中だけではない。窓から外を見れば、競い合って広告が空に掲げられている。競争がある。興奮がある。生の活力に溢れている。眺めるだけで、自分の中にやる気が溢れてきた。

ところがどうだ、この故郷は。

バスに乗れば、老人ホームと病院と墓石とセレモニーホールの広告しか無いじゃないか。生きる気力を根こそぎ奪ってなにが楽しいのだ。遠回しに喧嘩を売っているのか。

競争が無い。活力が無い。遊びが無い。エンターテインメントが無いのだ。

どうか、私に生きる気力をください。楽しさをください。

世界平和だとか愛だとか、隣の人の幸せだとか、哲学的な生きる意味なんて私は欲しくない。

ただ、明日、目を覚ますのが楽しみで仕方がないような、愉快が欲しい。通りの角を曲がって、思わずスキップしてしまうような悦びを求めている。永遠に求め続ける。

そうだ、この街にアリーナとか造ってください。

全国ツアーが行われる時、仙台、盛岡、そして八部柵を通り越して青森です。いや、盛岡、青森があるならまだしも、仙台からいきなり北海道に飛ぶのはどうなんでしょうか。アリーナがあれば、少なくともアリーナツアーは八部柵に寄ってくれるかもしれないんです。

リンゴとねぶたに勝てます。

色んな楽しいことがやって来ます。灰色の街が変わるかもしれない。

そして、是が非でも大好きなアノ人を呼び寄せてください。


カタ、カタカタカタカタ……


社の扉が激しく揺れだした。

そして、ガン！　という音と共に、中から勢い良く男の腕が生えたのである。

「――」

驚いたなんてもんじゃない。私は声にならない悲鳴を上げて退き、ほぼ死んだ気で身構えた。

襲ってきたら、蹴る。全身全霊で蹴り尽くす。手首を掴んで脇腹にミドルキックだ。絶対に負けない。

野生の血が目覚めたかのような鋭敏な感覚と、耳のすぐ横で聞こえる自分の激しい鼓動。呼吸だけは静かだった。

「……む」

そんな声が社の中から聞こえた。社は小さく、到底人が入ることはできない。でも中に腕の持ち主が居るのは、間違いない。

「む、おかしい。……出れない」

黄色いコマダルマよりもだいぶ低く、くぐもった声だった。出られないということは、襲ってくることはない、ということだろうか。私は少しだけ警戒を解いた。

腕はなにかを探して空を掻く。

近寄っても大丈夫だろうか。勇気を少しだけ振り絞り、その蠢く腕を、つん、と指先で突いてみた。すると腕はビクッと震え、私もその震えにビクッとし、『願』ダルマの乗った石柱の陰に隠れた。

「な、なんか触った」

社の中のくぐもった声が震えている。腕の様子をそっと覗き見てみれば、硬直したまま小刻みに震えていた。

ちょっと、面白いかもしれない。悪戯心が生まれた。携帯を取り出し、そのストラップのふわっとした毛玉で、手の甲を一撫でしてやった。

「なになになに？　なにが触ったん？」

情けない声が響き、今度はかちっと固まった。その指先に、さわりさわりと毛玉を掠めてやれば、途端に悲鳴がこだまする。

「ひ、ひえええええええ」

手はぴゅっと引っ込み、社の扉が勢いよく閉められる。

「なんだありゃ、獣か。獣が来よったかぁ、獣かぁ」

誰が獣だ。

私は完全にナメきって、扉を指でノックしながら文句をつけた。

「おーい、獣じゃないから。失敬な」

すると、カーンと扉が開いて、中からなにかが飛び出してきた。

「ひっ」

流石にびっくりして数歩下がると、飛び出してきたなにかは私の足元に落ち、てんてんと転げて鳥居にぶつかった。白くて、黄色くて、丸くて小さい。ころりころりと私の足の辺りまで戻ってくると、やっとその全容が分かった。

白いダルマだった。

くすんだ黄色い布を巻きつけている。

コマダルマよりも小さいそれは、若干の時間を費やしたものの、ダルマの面子にかけて直立した。きょろりとした大きな目玉で私を見上げている。それから辺りを見回し、社や鳥居を見つめ、おもむろに、しかし愕然として呟いた。

「……小さい」

思わず、私は噴き出してしまった。すると白ダルマは首もないのにしゅんと俯いた。その姿が妙に愛くるしくて、げらげら笑い出したくなるのを堪え、そっと持ち上げた。

「まーまー、手の平サイズは私の中でめんこいサイズなんで、気落ちしないで」

「めんこいサイズ？」

「絶妙な大きさってこと」

絶妙に、かわいい。

ノーマルなダルマに比べて、髭もなく眉も細めで、鋭い眼光どころかきょろっとした目玉。黄色いコマダルマ達よりも更にとぼけた印象だった。どこかのご当地キャラクターグッズに狐狸妖怪の類が乗り移ってしまったのだろうか。

「なあ、下ろしてくれ」

「はいはい」

言われた通り下ろしてやると、白ダルマはぴょこらぴょこらと跳ねて、少し離れた場所で止まった。

「せいや！」

白ダルマが気合いを入れた途端だった。

その丸い姿は光へと変わり、痛いほどに明るい閃光がほとばしった。

「うわ！」

眩しさに堪らず顔を背け、光を遮るように手を上げたが、光は私の身体に降り注ぎ、奥へ奥へと滲みこんでゆく。

熱さはないのに、熱い。焦りを感じた。

生きたまま蒸気となってしまう。

抗えない。

生を諦めかけた時、ふっと熱さが消えた。目映さがまだ目の奥に残っている。そろりと目を開けると、数度瞬きを繰り返した。

目の前に、背の高い男が立っていた。その顔を見上げた私は、しばし呆然と立ち尽くすしかなかった。

「――？」

誰だ。見たことがある。

その顔、その首、その肩、その……鎖骨。

「え？」

アノ人だ。

いや、まさか。

「あ、ああ、……あ、」

どうして。なんで居るの。

でも、そう、携帯の待ち受けにしているアノ人だった。中学時代より心酔しているアノ人だったのだ。素肌にくすんだ布を巻き付けた、まるでチベットや中国の僧侶みたいな出で立ちではあるが、アノ人なのだ。金の輪を耳につけている。けれど、アノ人なのだ。

「う、うそ」

見間違えるわけがない。

「ど、ど、どうして！」

と、叫んだ後に言葉が続かなかった。感激の涙と言葉を飲み込んで、口を両手で覆いながらただただ歓喜に震えた。

手を伸ばせばその胸に届きそうな距離で、彼はいかにも思慮深く心広く且つ尊大な神の如き態度と、低く伸びの良い声でもって私に語りかけた。

「我こそは福山大明神である。迷える獣よ。お前の望みはしかと聞いた」

「――……」

耳を疑うことにした。聞き間違いに決まっている。

「どうした、獣よ」

「……もう一回言って?」

「我こそは福山大明神である。迷える獣よ。お前の願いはしかと聞いた」

身体じゅうが冷えていくのを感じた。凄い。人間って、ここまで血が冷たくなるのか。

「……つまりさっきの白いダルマ?」

目の前の正体不明の大男は、実に満足げにその正体を明かした。

「そうだとも、獣よ」

自分の血液が絶対零度に達した感覚に、私は思わず感嘆の声を上げそうになった。腹と胸の間で渦巻き出した冷たすぎて熱いなにかをそっと、しかし必死で抑え込んだ。

「お前の望みと願いはほぼ全て読ませてもらった。早速一つは叶えてやったぞ。この顔が間近で見たかったんだろう？」

さも良いことをしてやったかのように、にこにこと顔を寄せてくる。

突如として、私を激怒が襲った。抑え込んでいたなにかが臨界点を超えたのである。

「黙れや！」

そして、愛してやまぬはずの横っ面に、これでもかというくらい力一杯、拳をめり込ませていた。黄色いコマダルマを粉砕した力とは比較にはならない猛烈な突きである。避ける間を与えられなかったダルマの首から上は、見事に半回転した。

「なに調子こいてんだてめぇ！　元は薄汚いダルマじゃねーか！」

ダルマはなよっと地面にへたり込み、殴られた頬に手を当てて、目を真ん丸くして私を見上げた。

「け、獣……」

「黙れ！　ダルマのくせに！　ダルマのくせに！」

私は叫びながら、なにかに取り憑かれたようにダルマを足蹴にしまくった。特にダルマが悪いわけではない。ただ、無性にムカついてムカついて仕方がないのだ。

「ダルマのくせにぃい！」

社まで追い詰められたダルマも遂に我慢の限界を超え、泣きそうになりながら怒鳴った。

「ダルマのどこが悪い！」

「ダルマという存在自体だ！」

「せ、世界のダルマに謝れぇ！」

「んがこそ私さ謝れ！」

「断る！　大体お前はこの姿が見たいって願った！　悪いことしてない！」

「そうだけど、お前じゃないんだよ！　見たいのは、お前じゃないんだよ！　いいからさっさと謝れよ！」

枯渇の見えない怒りを足に込め、キィキィしながら何度も地面を蹴った。

「ダルマなんかにトキメいちまったじゃんかよ！　チクショウ！」

泣きたい。

そんな私をよそに、ダルマは目を擦りながら立ち上がり、私が破壊した右のコマダルマを、背を丸めて見下ろした。

「ああ、望さん……」

「ボウサン？」

「望さんが無残な姿に、……うう、ううう、ぼうさぁーん、うわあああん、ぼーさー——ん」

突然、というよりとうとう、ダルマは盛大に泣き出した。ぎょっとした。やめてくれ、その姿で鼻をすすりながら泣きじゃくるような情けない格好をしないでくれ。せめて、美しく泣いてくれ。と、よっぽど殴り飛ばそうかと思った。

しかしその泣き声には、聞いている者の胸を締め付ける悲哀がたっぷりと満ちているのである。私は不覚にも、あの小憎たらしい黄色いコマダルマに謝罪の念を抱いてしまった。

「す、すみませんでした。その、なんと謝っていいのか」

「望さぁん……、うう、ううううう、ひっく、ううう、うう、うあああああん」

「っ！　本当にゴメンナサイ。こんなことをするつもりじゃなかったんです。ちょっとイラっとして叩いてしまって、でもあんなに壊れやすいと思ってなくって。本当なんです。壊すつもりはなかったんです、最初は。でも、でも、でも、ごめんなさい」

「反省しているようだな」

ダルマが急に真顔に戻った。そして、ポン、という音を立ててコマダルマが復活したのである。

「へ」

「いやー、望さん、今回は災難だったな」

ダルマは望さんを撫でながら言った。すると今度は望さんが、ダルマと全く同じ声で返事を返したのだ。

「この辺りは比較的温厚な性格の者が多いと聞き及んでいたんですがね」

「獣だったな」

「獣でしたな」

望さんが喋っているというより、それはダルマの腹話術だった。望さんが喋っている時、確かに声は望さんの方から聞こえるのだが、ダルマの口も動いている。

「……おい」

「どうした、獣よ」

「どうした、獣よ」

「今、二回も獣って連呼したろ」

「……一回ずつだ、獣よ」

「そうだ、一回ずつだ、獣よ」

「口が動いてんだじゃ、この口が！」

私はダルマの大層魅力的な顎を掴んで、爪を食い込ませた。本物の人間の感触がする。私のこめかみが痙攣した。睨みつけたまま左側の『願』ダルマを指差した。

「もしかしてこっちのダルマも、お前が喋ってらったのか？」

「願さんのことか。願さんは無口なのだ。でも、覗き見が大好きなのだ」

「したらその目は、貴様の目とシンクロでもしてんでないの」

ダルマの目が泳いだ。

「おい！」

「ぼ、望さんと願さんは、我の使いであり、我自身でもあり……」

「自作自演か？」

顎を掴む手により力を込めた。

「うぐ。いや、そうゆうわけでは……、第二第三の依り代というか」

「私に対するあのおちょくった言動、態度、全てておめぇの本心か、このダルマ野郎！」

「いや、その、望さんと願さんは我の話し相手でもあって、ちゃんと意思もある時はあるというか、そのだな……ええっとだな」

また泣きそうになってきたので、私は一旦怒りを横に置いた。また無様に泣かれたら敵わない。顎を放し、できるだけその姿を視界に入れぬよう斜め下に目を落とした。

「もうどうでもいいから、その姿、やめてくんない？」

「どうしてだ」

「なんか……ムカつくから」

「この姿、嫌いなのか？」

「大好き」

「……」

「……」

「……ま、それはそれとして」

ダルマはその姿を手放す気はないらしい。気に入ったのかもしれない。気持ちは分かるが、おこがましいにも程がある。

腹立たしさを増幅させる愛おしい笑顔でダルマは言った。

「獣よ、お前の望みと願いはしかと聞いたぞ」

チリーン、という音がして、ダルマの前にママチャリが躍り出た。なにをするのかと思えば、ダルマはカゴに望さんと願さんを入れ、荷台に小さな社を括りつけた。

「いやぁ、まさか我の家がこれほど小さいとは思わなんだ。しかし、考えようによっては、我の思うままに持ち運べるということでもあるな。手足もできたことだし」

鳥居から『福山大明神』と書かれた額を外し社に放り込むと、のぼりと鳥居をいとも容易くずぼっと抜いて、天に向かって放り投げた。それらは闇に溶けるように消えた。

それから、私の鞄をじっと見つめた。

「獣よ、その鞄に入っているのはなんだ」

「え、入ってるって……特別なものはなにもないけど、財布とか携帯、あ、もしかしてこのおみくじ?」

鞄のポケットには正月に引いた大吉のおみくじが入っている。やはり神様なので気になるのかと思ったら、どうやら違うらしい。

「その丸い瓶だ」

「あ、これ? お酒。帰ったら家族で飲もうと思って。あと、おつまみの『なかよし』」

「よし、くれ」

「なにが、『よし』、だコラ。だから家族で飲むんだって。凍らかして、ストレートで」

「望さん壊したろ！」

「いや、だってあれは！　……、うん」

仕方なく、黙ってサントリーオールドを差し出した。

「これで望さんのことはチャラ？」

「ああ、チャラにしてやるぞ、獣よ」

嬉しそうに望さん願さんの入ったカゴに酒瓶と『なかよし』を入れて、自転車に跨った。

「ではな」

そして、チベット僧みたいな格好でイケメン芸能人になりすましたダルマは、ママチャリでネオンの輝き出した雑踏へ消えたのである。

「……あれ」

私はいつの間にか現実の世界へ戻っていた。まるで毒気にあてられたかのように頭がぼーっとしている。徐々に覚醒してゆくにつれ、自分がどこにいるのか分かってきた。

しかし、同時に分からなくもなっていった。

キラキラとして、そして温かなネオン。冷たい春風を肩で切って歩く人々の表情もキラキラとしている。

私が立っている場所は、八部柵の街の外れである。周りの建物も、空の高さも、風の冷たさも変わっていなかった。

だがそこは八部柵であり、八部柵ではない場所だった。

即座に理解が及ばない。

「どこ、ここ——」

第二章

超巨大なヴィジョン。それは渋谷や新宿にあるものとそう変わりない大きさ。画面には次々と音楽プロモーションのクリップが映し出されてゆく。音はない。しかし鮮やかな色彩や、考え抜かれたアングル、それが音楽の内容を見事に表し、画面の切り替えによってまるで音楽を実際に聴いているような錯覚に陥る。

頭上から降り注ぐ無音の音楽を、私は息を呑んで見上げた。

ヴィジョンがある場所は、一時間ほど前には単なる壁だった。雨と埃と日光によってすすけて見えていた。しかし、今そこには生命が宿っている。

ヴィジョンだけじゃない、その壁自体が巨大な広告板の役割を果たしていて、私の大好きなアノ人の広告ポスターは勿論、様々な広告が貼られている。

視線を落とせば、メインストリートが写真で埋め尽くされている。それも殆ど広告のポスターだ。なにかの法則に従っているようで、店や壁の所有者が違っても、乱雑な感じはまるでしない。大手飲料メーカーのものから、町内会向けのお知らせまで、本当に多種多様だ。さながら街を彩るインテリアだ。

更には、街を行く人の多さに戸惑いを隠せない。もう夜だというのに、メインストリートは歩行者天国になっていて、楽器を抱えた大勢の人が行き来しているのだ。街全体に緊張と興奮が充満していて、まるで祭りの直前みたいだ。

ここはどこだ。どこか、異国の音楽祭にでも紛れ込んでしまったのだろうか。

しかし歩行者天国のため迂回していく青い車体のバスは、まぎれもなく八部柵の市営バスだ。すぐそばのバス停には十三日町と書かれている。八部柵市十三日町。表町の中央部分に位置する。メインストリートの両脇には見知ったビルがある。私の故郷と同じなのだ。

思い切ってすれ違いざまに一人の青年に尋ねた。

「あの、ここって、どこですか？」

明るい茶髪の青年は嫌がりもせずに答えてくれた。

「はっぷきの『街』です」

ロールプレイングゲームを思い出した。

「ツアーに来た人ですか？　プロのコンサートもいいけど、はっぷきの音楽もなかなかのもんなんで、是非聴いてってください。あ、なんか困ったことあったら俺みたくこのマークつけてる人間を見付けてくれれば、ご相談に乗るんで。今夜の運営委員の印なんです」

そう言って、八部柵市のマークをもじったような、錨模様のワッペンを見せてくれた。

「あと三十分もしたら、もっと賑やかになりますよ。楽しんでください」

笑って青年は去ってゆく。

ツアーって、なんだろう。プロのコンサート、あるのだろうか。はっぷきの音楽、ってなんだ。三十分したら、なにが始まるのだろうか。

今度はギターケースを大事そうに抱えて歩いているお姉さんに声をかけた。

「あの、お尋ねしますけど、……なにがあるんですか？」

「あ、観光客の方ですか？」

「え、その」

「今日ははっぷきの『音楽デー』なんですよ。観光パンフレットとかには載ってないんですけど、知る人ぞ知るっていうか、けっこう聴きごたえや見ごたえがあると思います。ハチロックとかハチポップは勿論、色んなジャンルの音楽が集まりますから。あ、じゃああたし、仲間が取っておいてくれた場所に行かなきゃならないんで。多分裏町の方で演奏してるんで、もしよければ覗きに来てください」

「あ、はい、ありがとうございます……」

お姉さんは何度も頭を下げて裏町方面へ行った。

やっぱり、ここは私の故郷、八部柵なのだろうか。もしそうなら、八部柵はもう気怠い街ではない。

ダルマが私の願いを叶えたのだ。

嬉しいと思った。だけれど、どうしてだろう、心の底から喜べない。孤独感がそっと背中から抱きしめてくる。

いや、しかし、折角楽しげな街に変貌したのだから、私だって楽しまなくては損だ。

どうせならゆかりを呼んで一緒に見て回ろうと携帯を取り出したが、すぐにバイト中だということを思い出した。

他の友人を呼ぼうにも、今回の帰省は家族とゆかり以外には知らせていないので、あまりにも突然すぎる。少し悩んだけれど、結局は一人で楽しむことにした。

いくら熱気に包まれてるとはいえ、風は冷たく、露出した肌を容赦なく冷やす。首を竦めて人ごみを分け入ってゆくと、お年寄り達が市を立てていた。八部柵市では六日町には六日、廿八日町には二十八日等、町名と同じ日に市が立つ。したがって十三日町には十三日に市が立つのだが、今日は十三日ではない。

野菜だとか団子を売っている割に、やけに繁盛していた。客層も若く、中高生も多く居る。覗き込むと奇妙な菓子が販売されていて、殆どの客はそれを目当てに来ているようだ。

あんこを絡めた、麺類である。汁気はない。

それは『あずきばっと』もしくは『あずきはっと』という、祖母が作ってくれる素朴な食べ物に酷似していた。核家族化が進む現代では、なかなかお目にかかれない代物だ。

おたまで一掬い五十円。セルフで持参の容器に盛り付けるのがルールらしい。プラスチックケースの販売もしているが、一ケース百円という法外な値段で、マイタッパーを忘れた一人の中学生が、容器の蓋を貸してくれと友達にせがんでいた。

店ごとに違いがあり、つぶ餡かこし餡かの差は勿論のこと、麺の形状もそれぞれ異なる。多くは平たい太麺で短めだけれど、中には千切ったすいとんみたいな形もあれば、ハートや星形にくり抜いたものもあった。

漬物の品揃えも豊富で、箸で一つまみ二十円。甘いあずきばっとの付け合わせとして購入する者も少なくない。

市を立てていた老婆の一人がおもむろに立ち上がった。そして渋い声でろうろうと民謡らしきものを謡い始めたのである。

私はびっくりして立ちすくんだが、辺りは買い物客で溢れかえった。老若男女があずきばっと漬物を争うように買い漁っている。

民謡が一曲終わると、今度は市が一斉に店じまいを始めた。目にもとまらぬ早業で、三分足らずで屋根代わりの戸板も外された。老婆達は荷物をきゅっと小さくまとめると、腰に小型ラジオを提げ、蜘蛛の子を散らすように帰っていった。

あっという間に閑散とした市の下には石畳。台形のような模様が等間隔にある。

「一、二、三、四……ここだ、四つ目」

という声変わりしたての声がしたと思ったら、私の前にあった台形模様の上に四人の男子がやって来た。中学生にしては大人びた感じもするが、高校生にしては声が若い。もしかしたら年齢がばらばらなのかもしれない。あずきばっとの容器と楽器を持っている。

「やべー、超いい場所」

「緊張すっじゃあ。声出っかな」

「出せよ、意地でも出せよ。折角の場所なんだすけ。チラシもうちの学校の広告部の子に頼んで、かっこよく作ってもらったんで？」

「どれ見して」

男子達は楽器を出し、あずきばっとを食べながらチラシを覗き込んで、甲高い声を上げた。それから、

「おねーさん、これ貰って」

と半ば無理やりに私にチラシを押し付ける。彼等のバンドの紹介チラシだ。

台形部分はどうやら演奏スペースらしく、周りのスペースにも続々と人がやって来て、セッティングを始める。

「ウチらのも貰ってちょおだい」

「わんどのもよければ貰ってけで」

「あたし、初めてここの抽選に当たったんです。チラシ、貰ってください」

良いカモに思われたのか、私の手にはあっという間に十枚以上のチラシが握らされた。

うん、活気に溢れている。

それなのに、何故だろう。背中がぞくぞくする。

確かに、いくら田舎とはいえバンドを組んでいる人間くらい居る。私は楽器が苦手だったので極力近寄らないようにしていたが、親友のゆかりはブラスバンド部でクラリネットを吹いていたし、エレクトーンも習っていた。隣の家に住んでいた同い年のデブの男子は、毎日毎日ギターを

掻き鳴らしていた。

でも、こんなに音楽を愛している人達がいるはずがない。だってここは、八部柵なのだ。ダルマの力で街が変わったからって、人間まで変わるはずが――。

そこまで考え、ぞっとした。

心臓が不穏な音を立て始めた。胸を押さえて辺りを見回す。人間がいっぱい居る。皆、音楽を楽しんでいる。緊張と興奮が入り混じって、異様な雰囲気を醸し出している。

誰もこの街の変化に驚いていない。一時間前と全然違うのに、戸惑っているのは私だけだ。右往左往する私は観光客扱いされた。

この街が変わったとは誰も思っていないのだ。それはすなわち、私以外の人間にとって、変わったことになっていないということ。昔からこのままだった、ということ。

「……あれ、それってなんか、……まずいんじゃ」

心臓がどきどきする。背中がぞくぞくする。

ビィーン。

耳をつんざくようなマイク音が響いた。

「――なに?」

驚いて辺りを見回すと、頭上からアナウンスが流れてきた。ラジオだった。

――八部柵ＢｅＦＭを路上でお聞きの皆さん、こんばんは。本日この時間のパーソナリティー、サモンジです。

皆さん、準備は進んでますかぁ？　練習はしてきましたか。公式スペースに当たった人も、外れて場所取りに四苦八苦している人も、あと十五分ですよ。慌てずゆっくり急いでください。

そう、本日は『街』の音楽デーです！　珍しく表町と裏町の日程が同じ日に重なって、いつもより一層盛り上がっているみたいですね。始まる前から既に熱気むんむん。八部柵ＢｅＦＭにも届きまくりです。わぁも出たかったじゃ。なんで今日なの。皆さんもお分かりの通り、この放送は生放送でお送りしております。

さて、この音楽デーは、演奏する人、演奏を聴く人、応援する人の誠意において毎回開催され続けております。海の日には野外フェスも決定し、ますます熱がこもっているコトでしょう！

ええ、僕もとっても楽しみです。ＭＣとして参加も決まっておりますしね。演奏者じゃないところが悲しかったりなんだり、なんだか悲喜こもごも。

えー、盛り上がっているのはよく分かるのですが、未成年の皆さんは、九時までしか演奏に参加できません。違反が発覚すれば、音楽デーどころか市内全域での路上ライブすら禁止になってしまう可能性もあります。心に留めておいてください。今夜も誠意をもって楽しみましょう！

「イエー！」

街中の人が腕を振り上げ熱く同意を示す。先ほどチラシを押し付けてきた男子達が、緊張をほぐすように小さくジャンプしては首を回していた。

――ここで一つ、お知らせがあります。

その言葉に、街中が今度は静まり返った。じっと動かなくなり、サモンジとやらの言葉を待っている。

――なんと、本日二十三時から放送される八部柵ＢｅＦＭに特別ゲストがあります！　……ありました！　シークレットなので誰かは言えませんが、今週末アリーナＢｅクイーンに来るアーティストつったら、彼等しかいないだろっ！

うおおお！

どよめきがあちこちから上がった。キャア！　と黄色い声を上げて飛び跳ねている子も居た。

私だけは別のことにどよめいた。

「……ありーな、ビー、くいーん？」

――もーオレ超興奮した。皆聴いてね。それと収録はすでに済んでるから、夜中に押しかけないでね。三八城公園でサッカーしてても追わないようにね。追えば逃げるからね。

はい。インタビュアーはワタクシことサモンジ。素敵なプレゼントもあります。一個私物化しようとしたら怒られました。

あ、ここで六時五十分。あと十分！　さ、音出し、声出し、進んでますか？

サモンジに促されて、街が一斉に音で溢れた。ギターの音、トランペットの音、電子ピアノに、打楽器。そして人の声。

私は確信した。

絶対に、ここは私の故郷じゃない。周りに居るのは、私の知っている八部柵市民じゃない。

ここは八部柵だが、私の故郷じゃない。

私が『違う』のだ。

どうしよう。

言い表せぬ不安に襲われて、ダルマを思い出した。どうしてくれるんだ。どうすればいいんだ、私は。孤独感は一層強く抱きしめてきた。

至るところからハーモニカの音色がけたたましく鳴り響いた。それ以外の音が止み、一瞬静まり返ってから、錨をもじったワッペンを付けた若者達が、タイミングを合わせてハーモニカの合奏を始めた。それが終わると、遠くからドラムの音が聞こえた。

音楽デーが始まったのだ。

「ヤダ!」

信じたくないというより、逃げ出したいという衝動に突き動かされた。どこへ逃げればいいのかも分からないのに、ともかく音とは逆の方へと走り出した。

第三章

三日町のバス停の前に、八部柵ＢｅＦＭはあった。街と通りを一つ挟んだだけで、人の気配が無くなった。

変わり果てた世界の中で、ＢｅＦＭだけは福山大明神に入る前とまるっきり同じ様相。

唯一の救いだと感じた私は、ガラスのドアを押して中に入った。ふわっと花の香りがした。すぐ傍に花が生けてある。助かったと思い壁に寄りかかり、首を擦った。

微かに震えているのは寒さのせいだけではなかった。

八部柵ＢｅＦＭは、生放送が終わったばかりで安堵と緊張が共存していた。スタジオ内にはまだ数人の人が残っていて、テーブルを囲んで話し合いをしている最中だ。

私が居る場所は待合室のような一角で、ソファの他に、観光局が提供しているネット検索機や、宿泊施設やタクシー会社の案内掲示板等がある。

ご自由にどうぞ、と手書きのポップがついたカゴから飴を一粒もらい、ひとまずソファで落ち着くことにした。

すると、一人の青年がスタジオから顔を出した。

「大丈夫ですか?」

その声にぴくっと胸の奥が動いた。わざわざ話し合いの席を立って心配してくれたのは、さっき街中に響いていた声の主だったのだ。

言葉は標準語化されているが、イントネーションは完全に『はっぷき弁』だ。

「あ……」

少し黒めの肌に厚めの唇。青年はその仄かに赤い唇の間から白い歯を覗かせて笑った。細い顎はほんの少し割れていて、どこか異国を思い起こさせるはっきりとした目鼻立ちだ。波打つ黒髪は濡れ髪のように艶やかである。年齢は二十五歳前後、私と同じくらいかもしれない。

異様にモテそうだ。

「その、大丈夫です……」

「本当に? 顔色、悪いみたいだけど?」

そんなにかと思い頬を撫でた。顔よりも指の方が冷たい。

「そのちょっと、寒くて。マフラー、してなかったから……かな」

私が心許なく笑うと、青年はにこっと健康的な、それでいて色っぽい笑顔になった。

「暖房あげようか。観光客?」

「いいえ。あ、……いや、どうだろう……」

言い淀むと青年が首を傾げたので、不審に思われたくない一心で答えた。

「あ、その、高校卒業してからは東京にずっと」

「ああ、やっぱり。ファッションがケラだもん」

「ケラ？　って、ファッション誌の？」

「そう。こっちだと今はハニプラ系が流行ってってから。原宿にはよく行くの？」

ハニプラとはなんだ、と思いつつ私は頷いた。

「大学時代の通学路だったんで。定期の範囲だったから。上京したら真っ先に渋谷に行ったんですけど、スクランブル交差点で、あ、もう駄目だ、って。広いし人は多いし、どこになにがあるのか全然分からない。竹下も人が多いけど、歩いていればそこになにがあるか分かるから、自然と。でも、そんなケラじゃないですよ？」

必死になって会話を繋ごうとする自分が恥ずかしすぎて、顔が熱くなってゆく。特に耳が熱い。このままだと溶けてしまうかもしれない。暖房があがったせいかもしれない。

すると青年は突然にやっと唇を歪ませ、堪えきれないように腹と口を押さえると、くっくっと肩を揺らしだした。

「あの……」

「あ、ごめんごめん、いや、だって、今分かったんだよ。お前さ、……間違ってたらごめん、ポポ？」

ポポ。それは私の小学校時代のあだ名である。それもかなり不名誉な。

「な、なんで知ってんの？」

「あー、やっぱりポポだ。鳩んちのアキラだろ、鳩瑛《はとあきら》」

あだ名の次はフルネームまで当てられて、困惑を隠しきれなかった。

そんな私を見ておかしそうにしている青年は、一体誰なのだろう。ラジオではサモンジと名乗っていた。サモンジ。思い出せそうで、全く思い出せなかった。

するとサモンジは私がこの世で最も嫌う歌を奇妙な音階で歌い始めた。

「ぽっぽっぽー、鳩ぽっぽー、まーめがほしいか、そらやるぞ〜」

「……」

イラっとした。

「……ってからかった男共を『んだらオメーら豆になれじゃ豆に！　ああ？　鳩様に喜んで喰われやがれボケが！』つって殴ったり蹴ったり、女子とは思えない方法で撃退していたあのポポが、東京っぽい女になって帰ってきたとは。はーたまげたじゃ」

忘れもしない小学校時代。大抵豆まきの季節になれば起こる忌まわしい現象だ。今でも鮮明に覚えているし、思い出せば向かっ腹が立つ。

「あれから、喧嘩の常套句が一時期、豆になれ！　だったしえ」

その鳩様である私の怒りが沸点に達しようというのに、青年はまるで怯む様子を見せない。それどころか、にこっと笑って自分を指差した。

「ほれ、加賀《かが》って言えば分かる？」

カガのサモンジ。私はあっと声を出した。

「ベンチャ！」

「うっわ、恥ずかしいことも覚えてらったし」

サモンジとは「サ文字」と書き、屋号である。加賀は名字だ。そしてベンチャというのは、いっつも調子っぱずれなベンチャーズを弾いていて、それが町内に響き渡っていたので、近所で呼ばれていた愛称だ。やや蔑称の意味合いもあったのかもしれない。ベンチャーズになりきれていないから、ベンチャなのだ。

隣の家の幼馴染みである。

「嘘だ！」

「んな！　嘘じゃねぇって！」

「だってだって、私の知ってるベンチャは……デヴだ」

もしかして、変わった八部柵では、ベンチャは、あのベンチャとは違うのだろうか。

「はー相変わらず辛辣」

「……えと、……でも、……デブだったよね？」

かなり失礼な確認だが、せずにはいられない。

「……身長は三十センチ近く伸びたけど、体重は小学校ん時と変わってねえよ」

「つまり、小学校の時はかなりのデブだったんだよね」

「……まあな」

私は安堵し、よかった、と呟いたが、サモンジは泣きそうな笑い顔になっていた。

「久々の再会だのに、あんまし心抉るようなこと言わないでくんない？」

「だってあんまりにも別人なんだもん」

「ほー、なに、そったにカッコヨクなってら？」

私は思いっきり首を縦に振った。

するとサモンジは何故か視線を逸らし、斜めに足を組んだ。それがまた似合う。

「はー……あのベンチャがねぇ。まさかほんとビックリ」

「ベンチャって言うな」

「……でも引っ越して、八部柵出たんじゃなかったんだ？」

「いや、じさまんとこに戻っただけ。とっちゃが電気工場ば辞めてサモンジの船さ乗ったからさ。今は新湊の方に三世代で住んでら」

とサモンジは言ったが、自衛官の一家でもないのに中一の夏という中途半端な時期に転校していったのは、父親の転職だけが理由ではない気がする。

サモンジは黒豚と呼ばれても仕方がないような姿で、友達もなく、いつもおどおどしていた。そうなって当然のように、小学校時代はからかいの対象だった。しかも、中学校では演劇部に入部して、その姿を舞台上で曝してしまったがために、からかいは完全ないじめへと昇華してしまったのだ。

ただでさえ私の学年は、一年の間に、一人の教師が神経性の胃潰瘍で入院し、一人の新任教師が辞め、学年主任が途中交代し、登校拒否の生徒が他学年の倍以上にもなるという、どうしようもない有り様だった。私も、名字がちょっと変わっているという理由だけで、三年間、友人同士のじゃれ合いと呼ぶには辛いちょっかいを出され続けたのである。

その点で、ゆかりと仲良くなれたのは運が良かったとしか言いようがない。小学校の頃からマドンナ的存在で、中学校でも絶大な人気を誇り、発言力も強かったのだ。

身長が同じくらいで良かった。中学入学直後の席が近くなければ、私も他の小学校から来た男子にポッポポッポポとからかわれ続け、無事に中学校を卒業できたか分からない。

実際に、私はクラスのボスの取り巻きに授業中にからかわれ、逆上、襟首ひっつかんで鳩尾に膝蹴りを入れ、泣かせた上に嘔吐させた。ゆかりがいなければ、停学をくらっていたのは、私だ。でも悪いのはあっちだ。

「で、ポポは、」

「ポポって言うな」

「ごめん。――瑛は、なにか用があってここに来たの？　わぁさ会いに来てくれたわけでもなさそうだけど」

「だって、あんたがここにいるなんて知らなかったし」

「か、悲しい。……んじゃあ、もしかして、就職面接とか？」

「……就職って、募集あんの？」

「ん。いつでも、年間を通して」

全国で就職率ワーストファイブの常連の市のくせに、この世界では就職口があるというのか。信じられない。

「まあ、ここは意外と人気あるし、結構難関だからなかなか合格者が出なくてえ。どう、面接受けてく？」

「い、いやいい。遠慮しておく」

「なして？」

折角のチャンスなのに、とサモンジは不思議そうに首を傾げている。

「んじゃあ、さっきの放送聴いて、シークレットゲストがまだいるんじゃないかと思って来たんだべ？　ツアーライブついでに里帰り？」

「……その、……違う。そもそも、ツアーを知らなかったんだけど。なに？」

「あれ、違うんだ。土日にすんごい有名どころのツアーライブがアリーナに来るの。瑛ってJロック聴く？」

「あんまり音楽は……Jポップと、音楽番組くらいなら」

「あー、そうなんだ。珍しいね。それでも知ってると思うよ、ほら……あ」

「あ？」

「やっぱうちのオーディション受けてかない？　今スタッフになれば、日曜のライブに取材と称してかなり良い席で参戦できるよ」

「いや、……あんまり興味ないのに取材とかって……失礼じゃん」

「どーしてそう断るの？　今ならわぁの面接はクリアしてるも同然なのに」

「……だって……東京に、仕事あるし」

「……そっか」

仕事と言ってもバイトである。辞めたって職場はそう困らないし、八部柵に仕事があるのなら戻ってきたいと常々思っていたのは事実だ。それに、ラジオの仕事なんてかなり面白そうである。

しかし、この変わってしまった八部柵に、馴染める自信が全くない。そして、馴染みたくない。ここは私の故郷じゃない。

一分ほどだろうか、沈黙は続き、私は飴を口に放り込んだ。イチゴの味がした。それをガリガリと音を立てて食べ終えて、外を見た。

「……ねえ、サモンジ。八部柵って、どんなとこ？」

「どんなって……」

「私の知ってる八部柵って、どうしようもない場所だったんだよね。楽しいことがなんにも無い場所。夢を追いたくても、夢自体が無い場所。そんで、皆なんとなく生きていて、なんとなく死んでいく場所」

「随分悲観的なイメージだな」

「多分、生きてる人達は必死なんだろうけど」

「東京でなんかあった？」

「……なんにも無い」

「東京って、なんにも無い場所だの？」

「……いや、けっこう色々ある場所だと思うけど」

私にはなにも無かったが。

「八部柵も色々あるよ？　今日は音楽デーだし、皆これに向けて練習してきただろうしさ。物があるっていうよりも、なんだろ、やることがいっぱいあるよ。生きがいがいっぱいあるよ」

「生きがい？　それ、音楽のこと？」

「まあ、そうだな。別に音楽でなくてもいいんだろうけど、今んとこ音楽が一番だな。あと、広告芸術？　美術系もそこそこ。あとはー、やっぱり日常だべな。うちの船も、毎日海さ出てらし。子育てとか、ファッションとか、払い忘れたガス代とか。受験の時期はもう終わって、新天地に行く奴等や、逆に来る奴等。田舎だけどさ、八部柵の人間は、楽しいことにも苦しいことにも、一生懸命生きていると思う。高度経済成長期みたいな感じ？　っていっても、オレ等はバブルはじけてからの日本しか知らないから、高度経済成長がどんなもんかはさっぱり分かんないけど」

私は、根本的に間違いを犯していたようだ。街を変える、故郷を変えるというのは、その土地を変えるのではなく、土地に住む人間を変えることだったのだ。

変わっていないのは、私だけ。

果てしない疎外感。

そういえば高校の頃、クラスの隅っこでいつも独り外を見ている同級生がいた。別に虐められていたわけでもないし、無視されていたわけでもない。だが突然、その子は学校に来なくなった。

あの子はどこに行ったのだろう。

気が付いたら、涙がぽたぽたと落ちていた。

「……」

スタジオの扉が静かに閉められる。

「温かくて甘いの飲めば、少しは気分よくなるよ」

と言って、サモンジは傍の自動販売機でミルクティを買ってくれた。

「ありがと……って、あっちい！」

受け取った缶は肌が焼けそうなくらい熱い。慌てふためく私を見てサモンジはケラケラと笑い声を上げ、さりげなく箱ティッシュをテーブルに置いた。流れている涙をなんでもないものとして扱ってくれるのは、今の私にとってなによりもありがたい。

ミルクティは身体と一緒に心も温め、軽くしてくれる。私は笑うことができた。涙で化粧が少し落ちてしまって、泣いたことよりもそっちの方が恥ずかしく思えてしまうくらい、回復を見せた。

「瑛さ、これから暇？」

「まあ、暇かと言われれば……暇だけど」

「オレさ、これから休憩なんだよね」

「さっきの放送で、仕事終わったんじゃないんだ」

「十一時から五十分のコーナーがまだ一本残ってて、今日は殆どが収録内容の放送だけで済むんだけど、一応生放送だね。それまでは、飯食ったり仮眠とったり、色々。今夜は折角だから、音楽デー見に行こうかと思ってたんだけど……」

「……」

話を広げるには打ってつけのパスが来たけれど、私はミルクティを口に含んで、気が付かないふりをする。

するとサモンジから切り出しにかかった。

「一緒に、どう?」

行きたくない。外に出たくない。外に出れば、否応なしに自分の仕出かしたことを目の当たりにしてしまう。でも、サモンジとはもう少し一緒に居たかった。

「場所は取ってないけど、隅っこでちょこっとだけギター弾こうと思って」

「う、うーん」

小学校の頃、宿題をしていると必ず聞こえてきたベンチャーズ。どこか調子が外れているのに、窓を少し開けて毎日聴いていた。近所の家は多分どこもそうだったと思う。最初は煩いだけだったが、段々上達していくのが分かると、応援をしたくなるのだ。

「自分で言うのもアレだけど、ベンチャの頃よりは上手くなったと思う。ベンチャー、くらい」

「それはちょっと気になるかも」

「じゃあ行くべ」

立ち上がったサモンジに腕を強引に引っ張られた。

「ちょ、ヤダ、放して！」

力一杯その腕を振り解くと、サモンジを半ば突き飛ばした。

「ごめん、オレ……」

スタジオの中にいた人達も、驚いてこっちを見ている。

「……もー、いきなり腕を掴むから、……ほら、こぼすとこだったし」

最高の作り笑いを浮かべながら、気を取り直すようにミルクティの缶を持ち上げる。中は殆ど空だった。

「あ、そっか。ごめん」

「ギター、聴かせてよ」

「よっしゃ、準備してくる。ちょっと待ってて」

サモンジはスタジオに戻り、スタッフと軽くやりとりをした後、上の階に駆け上がり、ジャケットを羽織って戻ってきた。それから今度は奥の部屋に消える。再び戻ってきた時には、アコースティックギターを抱えていた。

ミルクティを飲み干して、ＢｅＦＭを出た。

次の瞬間、私は音の渦に飲み込まれた。

なんだろう、音を浴びた瞬間に、側頭部を殴りつけられたような衝撃を感じて目の前が歪んだ。焦点が合わない。耳から入った音に、脳がぐちゃぐちゃに掻き回されているかのようだ。色が見えたり消えたりして、立っていられなかった。

キモチワルイ。

ぽん、と肩を叩かれて、我に返った。サモンジだった。

「ほい、マフラー」

そう言って、黒いマフラーを肩にかけてくれる。

「あ、ありがとう」

不思議なことに、キモチワルイ感覚が一瞬にして消えた。音は否応なしに私の中に入ってくるけれど、それほど悪さはしない。それでも時折、悪辣な音が突風みたいに吹いて、耳の奥を痛くする。アクが強い旋律に足を絡み取られる。

「大丈夫?」

なにもないところで転びそうになる私を、サモンジは心配そうに支えてくれた。

サモンジが傍にいれば、音は悪さをしないようだ。どこからか、あの音はまずい、と直感してしまうような旋律を感じ取った時、サモンジがふっとその音の方向に視線を投げると、私まで届かずに終わる。

「サモンジ、この音楽デーっての、変じゃない?」

「そっかな?」

「音が……煩わしくない?」

「いやー？　隣のグループと演奏がぶつからないようにちゃんと時間割もあるし、公式スペース以外の演奏も、音と音がぶつからないように合図し合ってるし、統制は取れていると思うけど」

「そうじゃなくって……音楽自体が……。アクが強すぎて酔いそうになるのもあるし」

「あー、凄いね、瑛。分かるんだ」

「……なにが？」

「その音楽の良し悪しとか、エゴとか」

「……はぁ？」

「音楽デーにはそうゆう人も必要なんだよね。じゃないと自己満足の集団さなっちまうから。よし、あそこの学生共にちょっとご忠告してきてみて」

「や、やだよ！」

あははは、サモンジが何故か涙を流しながら笑った。

「わぁ達もそうやって成長してきたんだすけ」

「私そんなん知らないし」

「あれ？　瑛ってどこのデーにも出たことないの？」

「どこのって……、音楽デーってどこにでもあるの？」

「……変なこと聞くなぁ。街の音楽デーみたく大規模じゃないけど、学校の傍の商店街とかだったら大抵月一であるんでない？　町内会主催とかでさ。あ、でも桔梗野《ききょうの》は無かったな」

桔梗野とは私とサモンジがかつて通っていた小学校のある地域だ。

「まあ、あそこは仕方ないか。あー、でもそっか、デーの無い場所だとデーデビューが遅くなるもんな」

「……、そ、そうなんだよ」

これ以上不審に思われたくなくて、私はテキトーに話を合わせることにした。


サモンジはかなりの有名人のようだった。

街に足を踏み入れてから、擦れ違う人擦れ違う人ほぼ全てに声をかけられている。演奏を終えたバンドの子達がわざわざ走ってきて、握手を求めていた。

ラジオパーソナリティーっていうのはここまで人気が出るものなのだろうか。見た目の良さも関係しているのかもしれない。

音に悪酔いしている私は、できるだけ早く音楽デーから遠ざかりたかったのだが、表町から裏町に移るだけでかなりの時間を費やした。

その有名人がやっと腰を落ち着けた場所は、裏町の端の端、殆ど住宅街で、周りには演奏者はおろか聴衆の影もないところだった。何度か軽く弦を弾く。トゥン、という音色は、音楽デーで耳にしたどれよりも耳に心地よかった。

「じゃーなにやろうかな。折角だし、まずはどんだけ上達したかを判断してもらおうかな。瑛って耳が良いみたいだし、緊張すっじゃ」

そう言って、弾き出したのはベンチャーズだった。

小学校の頃、洗脳されそうになるくらい聞かされ続けたフレーズは、あの時よりもずっとずっと洗練された音になって空へ上がっていった。心音とは別の鼓動が、身体の中でリズムをとっている。血が沸く、というのだろうか、音が弾けるたびに、私は音に引っ張られて宙に飛んでゆきそうになった。

演奏が終わってもどこか夢見心地だった私は、一瞬遅れてきた拍手喝采で現に戻った。いつの間にか人だかりができていて、慌てて私も拍手を送る。

さっきまで音という音があんなに煩わしかったのに、恍惚状態に陥るほど、聴き惚れていた。

「じゃ、次は新曲ね。これ、大人の事情で公の場での発表を禁止されてるんで、皆今から五分強の間は異世界に飛ばされたことにしといてね」

と、次の瞬間、曲の頭からド迫力の轟音を額に浴びた。

私は、音を見ていた。サモンジの真上に細くて鋭い竜巻ができている。あれは、音の塊だ。

「え。なに」

私の呟きはサモンジの奏でる音楽に隠されて周りには広がらない。

銀色に輝いている竜巻に、徐々に柔らかなピンク色が混ざり始める。ピンク色は、恋の色だろうか。この曲は恋を描いているのだろうか。淡い色合いだ、もしかしたら切ない片思いなのかもしれない。でも、銀色の輝きからは、切なさはあまり感じられない。

私は今、音を聴きながら音を見ている。

「なんだこれ」

茫然とそれを見上げていると、足になにかふわっとして柔らかなものが当たった。ピンと立った耳は日本犬の特徴だったが、それにしては毛足が長い。毛は房を作って弧を描いている。日本画の雲のような、大波のような、綺麗なうねりだ。

犬だろうか。

〈サモンジだ、サモンジ〉

〈すっげ、今日は一段とすっげ〉

〈はりきってらー〉

〈来て良かったー〉

と言っているのは人間ではない。私の足元にいる、小型の犬のようなものが喋っているのだ。

やや興奮気味だ。私は逆に興奮が鎮静化していった。

なんだ、これ。空耳か。

〈そんでやたらカッコイイ〉

〈超良い〉

〈最高〉

〈これ新曲かな〉

〈惚れるわ。人間に生まれていたら絶対惚れてる。いや今も九割がた惚れてるけど〉

やっぱり喋っている。聞こえてはいけない声が聞こえている。

ダルマの力で動物が喋る世界になってしまったのだろうか。

サモンジの周りに続々と動物が集まり始めていた。小さな犬だけでなく、バスほどもある巨大な犬、空には一面、鳥の群れだ。みゃーみゃー甲高い声で鳴いているので、海猫に違いない。

ダルマは奇想天外な動物まで作り出してしまったのか。

私にとっては異常事態なのだが、私以外の人間達はサモンジの音楽にうっとりで、動物なんて眼中にない様子だ。動物が見えているのは私だけなのだろうか、それとも新生八部柵では、この状態が普通なのだろうか。

ともかく、動揺が周りに知られないように私はきゅっと唇を噛み締めた。

小さい犬も大きい犬も、夜に飛び交う海猫も、人も人以外も、恍惚として、サモンジの音楽に酔いしれていた。

大地震が襲っても、この曲が届く範囲だけは平然としているような気がする。

しかし突然、空間を切り裂くように怒声が響いた。

〈ええい、どけ！　邪魔だ！〉

それまでうっとりとしていた犬達が一斉に目をつり上げ、毛を逆立たせる。

現れたのは狐の群れだった。私がイメージしていた狐よりも毛色が随分と白い。

〈この亜狐が〉

私の足元の犬が、吐き出すように言った。

〈亜狐？　ふん、獅子の成り損ないが偉そうに〉

〈狛犬を侮辱するな！〉

〈駄犬が。キャンキャンキャンキャン吠えるなよ。耳障りだ。サモンジの音が聞こえなくなる〉

〈やめないか〉

そこにまた別の狐の群れがやって来た。そっちの狐には犬達はあまり敵意を示さない。むしろ新たな狐の群れのために道を開けた。

〈狐の権威を下げるような真似をするな〉

〈ふん、お前らの小賢しい権威なんぞ私達は知らない〉

〈ダキニの権威を下げることにもなるのだぞ〉

〈ダキニテンには関わりのないことだ。まあ、私達の行いでウカノミタマが悪く思われるのなら願ってもないことだけれどどな〉

〈ウカノミタマノカミはダキニと盟約を結んでいる。ダキニの不名誉はウカノミタマノカミの不名誉だ〉

〈じゃあウカノミタマの不祥事はダキニテンの不祥事か。迷惑な話だ。あの自信過剰な神めが、いい加減自分の愚かさに気が付けばいいものを〉

〈それはダキニだろうが〉

〈ダキニテンはご自分のことをよく分かっていらっしゃる〉

〈ウカノミタマノカミは分かっていないという意味か?〉

どうやら同じ狐でも派閥があるようだ。

〈ちょーうぜー奴等。ったく、久しぶりのサモンジのソロなのによ〉

海猫のぼやきが降ってきた。

サモンジの演奏が終わる。ベンチャーズの時よりも更に盛大な拍手が空を割った。

そして狐や犬も、剣呑とした雰囲気を嘘みたいに吹き飛ばして黄色い声を上げた。

〈サモンジサイコー〉

〈ダイスキー！　ダイスキすぎてもう死んじゃう！　死なないけど！〉

〈イチキシマヒメからラブコール届いているし！〉

〈ダキニテンが次は門付けに来てほしいって！〉

〈蕪島で是非ソロライブを！〉

〈いや、タカオカミノカミが先で！〉

犬に狐に海猫の熱いコールは、サモンジには聞こえていないようだった。やっぱり、この動物達の姿が見えたり声が聞こえたりする方がおかしいのだ。私が変なのだ。

「どうだった、瑛」

汗を拭いながらサモンジがギターを置いた。一斉に動物達の嫉妬の視線が向けられる。

「……」

「……駄目だった？」

周囲からの殺気が突き刺さった。

「ま、まさか！　凄いよかったよ！」

気が動転してしまって声が裏返った。

「でも、あんましだべ？　オレも自分でそう思うすけ」

「いや、本気でいい演奏だったよ」

聴衆も口を揃えて、鳥肌が立ったとか興奮したとか褒め言葉を並べ、動物達に至っては、我こそが一番理解したとばかりにキャンキャンワンワンミャーミャー騒ぎ出す始末だ。

でもサモンジの表情は冴えない。

「なんつーか、プロデューサーにも言われたんだけど、聴いていて怖いんだってさ。オレもなんか広がらない気がして。んっと、なんて言えば通じるかな、幅広い音域の曲なんだけど、……なんか、その割には広がらないんだよ」

しどろもどろのサモンジの言葉に、私は細い竜巻を思い出していた。

「確かに、あんな恋だったら、怖いかも」

空を見上げながら呟いた私の上を、一羽の海猫が横切り、

〈恋？〉

と、質問を落とした。

「そう。あんな細くて鋭い恋心、突き刺さりそうじゃない？　銀色だし、物凄い速さで渦巻いているし、よくあんたらあれに飲み込まれなかったね。っていうか、よく突き刺さんなかったね」

〈……こいつ……〉

頭上で海猫がそう呟いた瞬間、みゃーみゃーという耳障りな鳴き声が響き渡り、地面にいた鳥達も舞い上がって、空を鳥影で埋め尽くした。

〈まさかまさか〉

〈そんなそんな〉

〈うそだうそだ〉

〈こいつ、見えてる！〉

〈こいつ、聞こえてる！〉

〈こいつ、話しかけてる！〉

しまった、と思ったがもう遅い。

どよめいたのは空だけではなく、中ぐらいの犬や白い狐達がずらっと私を取り囲み、大きな犬は鼻先を私につけんばかりに近寄って、その巨大な眼で凝視してくる。その上に比較的小さな犬が飛び乗って、ぴょんぴょん跳ね回った。

私は動くことができず、目で誰かに助けを求めたが、人は人でぽかんとして私を見ているだけだった。

〈わぁ、わぁー、人か？　こいつ人か？〉

小さな犬が楽しそうに言い、それを切っ掛けに他の犬達が一斉に私に質問をしてきた。

〈どうして私達が見えるんだ？〉

〈どうして私達の声が聞こえるんだ？〉

〈サモンジと同じか？〉

〈お気に入りか？〉

〈じゃあお前もなんか楽器弾くのか？　演奏するのか？〉

〈歌うのか？　歌うのか？　サモンジは歌が下手だからお前が歌うのか？〉

〈サモンジは歌が下手なところが好きだ〉

〈歌は上手くなんなくていいな〉

〈ずっとギター弾きながらウォウウォウ言ってればいいと思う！〉

小犬達の声は甲高い。それに加えて、海猫の癇に障る声が降り注いだ。

〈う、た、え！　ほら、う、た、え！〉

〈う、た、えー、う、た、えー〉

〈うったえ、うったえ、うったえ〉

〈うったえっうったえっうったえっ〉

ああ、うるさい。右足で地面を蹴った。

「うっせ――――！　んがんど、黙れじゃ！」

私の怒りの沸点は、かなり低くて有名なのだ。あれだけ騒いでいた動物共は勿論、人間の皆様も動きを止めて、しーんと静まり返った。

「歌わねえよ！　羽むしって焼くぞ！」

思う存分怒りを吐き出したらすっきりした。と、同時に、周囲の人間の視線に気が付いた。何事か、そんな言葉が聞こえてきそうな目をしている。

そしてなにより私をじっと見つめるサモンジの視線が、とても痛い。

「か……帰る」

なんとかそれだけ絞り出し、その場から立ち去ろうとした。犬や狐が私のために道を空けた。単に怯えて逃げただけかもしれない。

「瑛、ちょっと待って」

サモンジが追いかけてきたので、走り出した。

しかし、かつての鈍足デブは、今や長い足で俊敏に走ることができる。私はすぐに捕まってしまった。

「どしたのさ」

「どうもしてない。ほっといて」

「帰るんなら送ってくから」

「いいってば！　私に構わないでよ。もう、なんなの？　どうなってんの？　どうすればいいの。わけ分かんない」

興味津々といった様子で動物が近寄ってくる。周囲の目なんか気にするのも煩わしくて、私は大声で動物達を追い払おうとした。

「あっち行って！　消えて！　来んなよ、見るなよ！　もう最悪！」

動物達は素早く距離を置いたが、居なくなることはなく、一定の距離からじっと私を観察している。

怒りか寒さか困惑かしれないが、肩が震えて仕方がない。サモンジはその肩を包むように腕を回し、ゆっくりと周囲に視線を巡らせる。

「瑛、なにが見えてんの？」

「なんにも見えてないよ」

「大丈夫だから」

「なんにも聞こえてないってば」

「教えてよ」

「……どうせ信じない」

「いいからさ」

サモンジの足元に、一匹の小さな狐がやって来た。

「じゃあ、……そこに、狐」

「へー！　本当に！」

指差して言うと、サモンジは嬉しそうに足元に目をやった。

「そっか、そうだったんだ！　どんな狐？」

「どんなって、……白い。そんで、ちっちゃい」

「子狐かな？　一匹だけ？」

「そこにはね」

「そこってどこ、どこ、どの辺」

しゃがんで狐へと伸ばしたサモンジの手は、すでに狐に触れていた。狐もサモンジの手に顔をこすりつけていた。だが、サモンジはそれに全く気が付いていなくて、なおも狐を探すべく足元を探っている。

「そうか、そうだったんだぁ、狐だったんだ」

そして照れくさそうに頬を緩めた。

「ありがとう」

サモンジがお礼を述べると、狐の目が潤んだ。感激のあまりなのか、ふるふると震えている。

その様子に人々が近寄ってきて、錨のワッペンをつけた若者がサモンジに尋ねた。

「結局、なんだったんですか?」

「狐だって」

「え! じゃあやっぱり、見える人、だったんですか?」

サモンジと私、どちらへ聞いているのか分からない微妙な言い回しだ。答えられずにいると、サモンジが私を見て小さく頷く。それで、私は頷いた。

「どんな狐です? 大きさは? かわいいですか? かっこいいですか?」

はっきりと私に向かっての質問だった。

「えっと、大きさはこんくらいで、白くて、小さくて……。そこに居るけど」

「え! こ、こんな近くに?」

彼が驚いて飛び退くと、狐は狐でびっくりしたのか、私の後ろに隠れてしまった。

「あと、その辺に、いっぱい」

狐や犬や海猫が固まっている場所を指差したら、その付近にいた人間が一斉に散った。

「マジかよ。そんなにいっぱいいなの？」

「流石、サモンジ」

「ってか、狐なんだ。この辺にお稲荷さんがあるから、それでかな」

「あたし、てっきり天使みたいなのかと思ってた」

「へー、あたしは小さい妖精だと思ってた」

「てかさ、龍は？　この近くに水神祀ってる神社あったべ？　そこさ居る龍とかは出てこないの？」

その疑問にはやや大きめの犬が答えた。

〈神は簡単に社を出られないので〉

しかし犬の声は人間に届かない。少ししゅんとして見えたので、代わりに私が伝えてあげた。

「神様は神社を出れないんだってさ」

「あ、そうなの？　残念」

すると犬が再び言う。今度は私に向かってだ。

〈しかし、境内で演奏してくれれば、神にも届くと思います。もしくは、結界に遮られないほどに磨き上げられた音楽なら、外からでも届くと思います〉

「えーと……、でもいい音楽作れば届くってさ」

「あー、なるほどねー」

「っていうか、……皆、私の言うこと信じるの？　どうしてすんなり受け入れてるの？」

多くの人間はきょとんとし、僅かな人間は呆れた。サモンジは笑った。

「音楽が始まると、なにかが周りにいるのがなんとなく分かるんだよ。今日は音楽デーだべ？だから、なんかが居てもぜんっぜん不思議じゃない」

私の言葉を、人々は信じた。どうやら、この新生八部柵では、喋る犬や狐が居て当然、むしろ居てくれるのは喜ばしいのだ。

足元でうずくまる狐を見た。目が合うと、狐はしなやかな身体でするすると人の足を避け、群れの中へ走っていった。

「あー……逃げちゃった」

そして動物達は、誰からともなく群れを離れ、夜の繁華街に消えてゆく。そのことをサモンジに告げると、

「きっと音楽デーの中心部に行ったんだべ」

と、音の渦の方向に顔を向けた。


私とサモンジはコンビニに立ち寄り、いつの間にか名物となっていたあずきばっとと、温かいお茶を買って、図書館のベンチに座った。尻が冷たい。それ以上につま先が冷たい。先ほどの驚きも徐々に冷めていっている。凍えそうな風に震えて、お茶をお腹に押し当てた。

音楽デーの区画だが、公共施設の敷地だからだろうか人影はなく、星影が空にあった。

「そっか、瑛は見えるんだ」

先ほどからサモンジは何度もそんな独り言を言っている。

「どうして変に思わないの？」

「さっきも言ったじゃん。なにかが居ることは分かってらった。オレ以外の人もそうだっただろ。……オレね、ラジオパーソナリティーやってんの」

唐突だった。

「知ってるよ」

「そんで、ツアーライブとかで来るアーティストさんにインタビューすることもあるんだよ。全部が全部オレじゃないけど、それでも結構な人数の方達と仲良くさせてもらって、ライブの後とかに楽屋にお邪魔させてもらったりもしてさ」

凄い羨ましいことを言ってのけている。

「でな、アリーナBeクイーンって、最大一万人しか入んないの」

「……へー」

「立ち見とかステージ小さくしたりしても、最大一万人。通常だと七千人収容だったかな？　でも演奏が終わって楽屋に戻って、少し興奮が冷めてくると、なんか変だ、一万人以上居た、って……思うんだって。そんで、ライブの最後の方になると、なんだか天井に向かって、ありがとう、ありがとう、って叫びたくなるんだってさ。客席に向かって『ありがとう、はっぷき』『大好き、はっぷき』『はっぷき愛してる』とか叫ぶのは普通だけど、その後天井に向かっても、ありがとう！　愛してる！　大好きだ！　って叫ぶアーティスト多いんだよね。なんか、神様に叫んでるみたいな感じで」

「神様……」

「オレはそれがどうして変なのか分からなくてさ。でも十人のアーティストが来れば、ほぼ十人が似たような感想を言うから、不思議だった。試しに、Ｂｅクイーンで演奏した八部柵のアーティストに聞いてみだのよ、変な感じしたか？　って。でも、普通だったたって言ってた。神様みたいなの見えたかって聞くと、見えないって言う。でも、ありがとう、愛してる、ってやっぱり天井に叫んでるんだよね。天井の誰に向かって叫んだのかとも聞いてみたら、知らねってさ。知らないけど、いつもありがとうって言ってるから、別におかしいとは思わなかったんだと」

　そして癖っ毛を掻き混ぜて前髪の一房をつまむと、ぴーっと真っ直ぐに伸ばす。それを捩りながら、サモンジは首を傾げ、続けた。

「街だけじゃなく、外で演奏するとさ、誰も聴いていなくても、なんだか満たされた感じがあるんだ。演奏に対する自己満足とはちょっと違って、そうだな、無駄じゃないと思えるんだよ」

「無駄って、なにが。時間が？」

　するとサモンジは大声で笑った。

「それもあるかもな。でももっと広義だ。自分は一人でこんなとこでギター弾いてていいのか、勉強した方が有意義なんじゃないか、大体、誰にも聴いてもらえない曲なんか作ったたって、弾いたって、オレの言いたいことなんて伝わらないじゃないか、ってかオレは一体なにが言いたくて曲を作ってるんだろう、誰に理解してもらいたくて弾いてるんだろう、そもそも伝わるのか？　音楽でなにかが伝わるのか？　リズムや音の気持ち良ささえ追求すれば事足りるんじゃないのか？　気持ちいいってなんだ、この曲でいいのか、この弾き方でいいのか、分からない、分からないからもう弾きたくない、でも弾かない自分なんて考えられない、だから弾くけど、虚しい。凄く虚しい──、そうゆう無駄のこと」

いくら音楽に無関心であろうと、その満たされない感覚は想像がついた。

「オレ的には、そう思い悩むのも大事なんだと思う。けど、思い悩む時間が長ければ長いほど苦しいじゃん。虚しすぎてなにもかもが嫌になる。そう思い詰めた時に、外で演奏するんだよ。一人で夜中、岸壁とかで。するとさ、自然と、満たされていくんだ。室内で弾いていた時は、もうギターを放り投げたくなるくらい嫌だったのに、外だと悲しい調子の曲でも弾くのが楽しくて仕方がないんだ。誰かに聴いてもらっているような、オレの思いを感じ取ってくれる誰かが居るような、満足感が生まれるんだ。すると、ありがとう、って言いたくなる。愛してるって叫びたくなる。音楽デーみたいなとこだと、尚更強く感じる。誰一人として立ち止まってくれなくても、悲しい思いをせずに堂々と演奏し続けることができる。演奏を終えた後、周りに人が居ても居なくても、心の底からありがとうって思うことができる。だから、瑛には、オレの周りで聴いていてくれたなにかが見えたんだなぁ、って思った。変だなんて思わないよ」

変ではないのか。変では、ないのだ。

「それよりさ──さっきオレ、ちゃんと狐の目を見て礼を言えてた？」

「うん。狐も感激してたよ」

私は笑顔になって答えた。

「そっか、そらえがった。ふうん、狐だったんだ」

「他にも、犬とか、海猫とか」

「海猫！　蕪島のかな？　まだ飛来の時期じゃないのに」

「本物の海猫じゃないから、年がら年中、夜でも居るんじゃないの？」

「それもそうか！」

大きな声でサモンジは笑って、あずきばっとを口に運ぶ。そしておもむろに、

「多分アリーナで起こってるのは、あれをうんと強烈にした感覚なんだろうな」

と、遠くを見つめて呟いた。

どこからか微かに音楽が聞こえる。音楽データではなく、携帯の着信メロディだ。

「あ、私の携帯みたい」

鞄から取り出すと着うたフルが大音量で流れた。この音楽からするに、弟からの電話である。

星影を見上げて歌を聴いていると、サモンジが躊躇いがちに聞いてきた。

「出ないの？」

「いつも一曲聴き終わるまで出ないの」

「……、相手、待ってるんじゃない？」

「待たせとけばいいの」

「彼氏？」

そんな発想が出るということは、過去に待たされたことがあるのだろうか。

「違うよ。この一年半フリーだし。弟」

「保《たもつ》か」

弟の指定着信メロディは勿論、全ての指定着信はアノ人の楽曲である。私に電話をかけてくる人は、まず一曲分は待ってくれる。逆に、すぐに出ると驚かれるのだ。

しかし、今日はいつもと違った。

着うたフルに誘われて、犬がやって来たのである。中型犬ほどの大きさだ。瞳はガスコンロの炎のような不思議な青色だった。尻尾を嬉しそうに振りながら携帯にふんふんと鼻を寄せる。

「ちょ、ちょっと、やめて」

〈ちゅっちゅっちゅー〉

「こら、勝手にハモんないでよ。私の着うたなんだから」

〈ちゅっちゅっちゅー〉

「あ、瑛？　どしたの」

「なんか犬が寄ってきたの！」

「犬？」

「目に見えない犬」

「携帯の着メロにも寄ってくんの？」

犬はリズムに乗って、毛玉のストラップにじゃれはじめた。

「いやあ、やめてぇ！　仲間じゃないからね、これ！」

〈ちゅっちゅっちゅっちゅー〉

立ち上がって携帯を高く上げても、犬は宙に浮かんで携帯を追いかける。携帯を振り回しても、空を蹴って楽々と追いかける。

「もー！」

曲を聴いている場合じゃない。私は間奏の途中で電話に出た。

「なに⁉」

「ねっちゃん？　今どこ」

「街！」

「なに怒ってんの」

「別に！　それより、なに⁉」

「俺まだ仕事場なんだ。だすけ迎えに行けないから、帰る時はとっちゃんさ迎えに来てもらってね。ほんじゃね」

弟は一方的に喋って、一方的に電話を切った。

「保、なんだって？　急ぎの用事でもできた？」

「さぁ？　なんか、迎えに行けないから帰る時はお父さん呼べってさ」

「姉ちゃんのこと心配してるわけか。めんこい弟だな」

「どうだかね」

鼻で笑って携帯を閉じる。毛玉のストラップが揺れた。いつの間にか犬の姿がない。ちゃんと居なくなったか確認してベンチに座り直した。

「そおだ。サモンジ、メアド教えてよ」

「お、モチいいよ。ちょっと待って」

私はアドレスにはフルネームで登録するのだが、サモンジから送られてきた名前は『サモンジ』だった。

「本名で登録し直していい？」

「いいよ」

念のため了承を取り、名字の加賀を打ち込んだ。しかし名前が出てこない。加賀、なんといったろう。

「下の名前ってベンチャだっけ」

「こらー！」

「ごめーん。えっと……」

頭に浮かんだ名前は『翔《しょう》』だった。カガショウ。違う。違うのは分かるのに、思い出せない。

「ねえ、どんな漢字書いたっけ」

「太いに、数字の一」

太一《たいち》か。

「ありがと」

「んが忘れてらったべ」

「んなことないよ」

加賀太一。忘れないようにしないといけない。

第四章

サモンジに送ってもらい、帰宅をすると弟が既に居た。

「帰ってんじゃん！」

「あん時はまだ職場だったたんだって」

ちょっと長めの茶髪をヘアターバンで上げて、コンタクトからメガネに替えている。完全にくつろぎのスイッチを押した状態だ。

ひょろりとした身体のくせに、仕事はかなりハードな土木関係だ。実際に現場に立っているのかは知らないけれど、地元の大学の建築学科を出てそのまま地元に拾ってもらった形になる。しかも正社員だ。羨ましい、とは絶対に思わないぞ、悔しいから。

私は鞄をソファに放り投げるとコタツに入って寝転がった。思った以上に気疲れしていたらしく、睡魔に襲われかけた。

色々あったのだ。ダルマに変な世界に閉じ込められたり、サモンジと再会したり、犬や狐が見えたり。これで疲れていない方がおかしい。

普通なら信じられないことばかりだった。でも、事実起こったのだから、信じなければ先に進めない。第一、信じなければ、まだダルマの神社に閉じ込められていたかもしれないのだ。あの延々と連なる鳥居の紅色。思い出すだけでぞくっとする。

このまま眠って目が覚めたら、なにもなかったことになっているんじゃないだろうか。寝てしまおうか。

いや、なかったことになったら、サモンジと再会もしていない。

眠るか眠らないかギリギリの意識で部屋を見回した。記憶していた部屋の雰囲気と少し違うが、それはダルマが八部柵を変えた影響なのか、久しぶりの帰省で感じる変化なのかは分からない。

それでも、今まで確実になかったものを見付け、私は重たい上半身をのそっと起こした。

「あれなに」

テレビの反対側に置いてある、小型のオーディオ機器を指差した。弟がコタツから起き上がって答えた。

「ラジオ。短波も拾えるやつに買い替えたの」

今まで黙っていた父が渋い顔つきで言った。

「ラジオ番組の予約録音も出きるすけ、母さんのやりもしない語学番組のストックばっかり増えていくんだ。いい迷惑だ」

その父の発言に異を唱える母の声が響く。

「やってるわよ！　韓国語！」

「やってるの見たことねえぞ」

「昼間やってるのよ。あんた達の居なくなった後にお勉強してから、韓流ドラマで実践よ」

「実践って……」

父と弟は同時に鼻で笑った。母は最近韓流スターにころっと傾倒したらしい。

「ったく、うちの女共は、テレビん中の幻想ばっか追いかけて」

という父の呆れを、私は否定しない。確かに幻想だ。幻想だから楽しめる。

夕食はカレーだった。ホッキ貝が入った母特製のシーフードカレーである。子供の頃はかなり不満だったが、今食べると意外とうまい。そして懐かしい。

「おい、酒は買ってきたのか」

父がおもむろに尋ねてきた。そういえば、サントリーオールドはダルマの手にある。

「……奪われた」

「どうせ忘れたんだべ」

「……神様にお供えしてきた」

「はいはい。かーさん、今夜は日本酒開けよう」

「そーしましょうか」

本当のことなのに信じてもらえなかった。

食事の後、家族四人で日本酒を嗜んだ。凍らせたマグロの中落ちを削りながら、常温の桃川をちびりとする。まったりとした時間が流れる。アルコールで目が少しとろんとする。

「そろそろサモンジのラジオじゃね？」

と言って弟がラジオをつけた。

「そういや、街でサモンジに会ったよ」

「え、マジで？」

弟が驚き、母が振り返った。

「マジで」

「どうやってさ」

「どうやってって……八部柵ＢｅＦＭに居たけど」

「まさか押し掛けたの？」

「押し掛けるって、あそこ出入り自由じゃん」

「だけどさ……」

弟は困惑していた。両親は驚いた表情で顔を見合わせている。

「あと、街でギターも弾いてくれたけど」

「……嘘ぉ！」

「なんでそんなに驚いてんの？　隣の家のベンチャだよ？」

「ベンチャだったのは十年以上も前だんで？　今違うんで？　分かってら？」

分からないので、首を傾げてやった。

「もうお隣さんではないってのは分かってるけど。新湊の方に住んでるんだってね」

「そうでなくて、」

弟の言葉を遮るようにラジオから軽快なアコースティックギターの音が流れ、サモンジの声で番組タイトルが読み上げられた。長時間番組のワンコーナーと言っていたが、しっかりした構成になっている。

「ねっちゃん、なんか幸運の女神でも拾ってきた？」

残念ながら、変なダルマには目を付けられたが、幸運の女神にはお目にかかっていない。

「サモンジって青森じゃ超がつくくらい大人気なんだよ。夕方の青森テレビとかで各市町村の出来事を紹介するコーナーあるじゃん。そこの八部柵のリポーターとかやっちゃって、津軽の方で凄い人気が出てさ、一時オッカケがラジオ局の前で出待ちして大変だったんだから」

「え、そうなの？　でもフツーにラジオ局に入れたし、フツーにサモンジ街歩いてたよ？」

「だから超ラッキーだったんだよ！　八部柵ＢｅＦＭのブロックって出待ち禁止区域だんで？八部柵市警とも連携取っててらし、東京の芸能人もあのラジオ局に来るから、警備も凄いしさ」

どうりで音楽デーの賑わいから取り残されたように閑散としていたわけだ。

「その人気者に、さっき家の前まで送ってもらったんだけど」

すると、弟はとうとう絶句してしまった。

サモンジは今日の出来事や音楽デーの様子を、饒舌に語っている。

――そうそう、今日はなんと十年前に生き別れになった幼馴染みに再会したんですよ。

その言葉に家族が同時にラジオを見た。

――サモンジ、幼馴染みに『生き別れ』って表現合ってんのが？

――あれ、言わないでしたっけ？

――聞き返されると自信なくすわ。ってかなに、戦争にでも行ってしまっていたのか？　その幼馴染みは。

――いや、オレが引っ越したんです。お隣さんだったんですよ。

アホな会話が繰り広げられる放送を、私達家族は固唾を呑んで聴いていた。

サモンジの今日の出来事はそこでタイムアップとなり、続いて歌の無いクラシックロックを一曲流した。運動会で流れる曲に似ている。多分それを更にアップテンポに変曲し、エレキヴァイオリン等で演奏しているのだろう。

ＣＭ明けに超有名ロックユニットの収録インタビューのコーナーに移り、そのロックユニットの最新曲がまず放送された。

「……今や道端でサモンジに会えるのはツチノコを見付けるのと同じなのに……」

「そんなまさか」

笑い飛ばしたら弟に本気で睨まれてしまった。

お風呂に入ってから自室に行き、足痩せストレッチを始めた。すると再びの睡魔。今度は抗うことができなかった。身体をねじった格好で夢の世界へと旅立とうとすると、なにかが現から私を手繰り寄せる。

手繰るのは、初めて買ったシングルCDの二つ目に入っている曲だった。また音楽だ。うんざりするものの、大好きなその歌声とメロディに誘われて、私はうっすらと目を開けた。蛍光灯が目を刺した。思わず目を瞑ると、眠気が接着剤のように瞼を貼り付けてしまった。

目を瞑ったまましばらく耳を傾けていると、これが携帯から発せられているのだとようやっと思い至った。ゆかりからメールが届いたのだ。床に転がっている携帯を掴んだ。

「あー、はいはい」

半分眠りながら携帯に返事をし、曲が終わったところで携帯を開いた。

『ラジオのあれって瑛のこと？』

寝ぼけているせいか、メールの内容がよく分からない。サモンジのラジオのことだ。

『そうそう。そうなんだよ。したら保がすげー驚いてんの。サモンジってそんなに人気なの？』

『びっくりするくらい人気だよ』

『やっぱカッコイイから？』

『瑛でもサモンジのことカッコイイって思うんだ。へー、Mr．搾取とはまるで逆のタイプなのに』

ゆかりはアノ人のことを「Mr．搾取」と呼んでいる。それは、私のお小遣いの支出の最優先に立っていて、CD発売や雑誌掲載等がある時は、部活終わりのドリンク代をケチってでも購入費に当てていたせいである。

それでも雑誌が買えない時や、CD購入者のプレゼント企画の時は、毎月音楽雑誌を買っている友達から切り抜きをもらったり、ファンだけどプレゼント応募するほどでもない同級生のところを駆けずり回って応募券を入手したりしていた。おかげで嫌な具合に有名になってしまい、会話もしたことのない先輩に、廊下で切り抜きを渡されたこともある。

『あれはカッコイイよ。昔はデブだったけど』

『ギャップにやられた？』

『やられた――って、なにそれ』

内心ドキッとしていた。するとゆかりは容赦のない返事を寄越す。

『瑛が付き合う男って、Ｍｒ．搾取とは見事に逆の男ばっかりじゃん』

私は胸を押さえてうずくまった。

「ゆかりの、バカっ」

『サモンジはそんなんじゃないもん』

顔から火が出そうになりながら送ったメールは、見事にスルーされた。

『サモンジの人気って、市内と他の地域ではちょっと違ってんだよ。市内のファン、っていうか信奉者って、サモンジの音楽性に惹かれてっから、他のとこのファンと反りが合わなくて、ちょっとした戦争が勃発したんだよ』

『ああ、それが保が言ってたやつかな。出待ち禁止区域がどうの』

『それそれ。サモンジも行動自粛してるから、会えたのは超ラッキーだね』

『保にも言われた。ツチノコレベルだってさ』

『ま、サモンジと瑛がその辺でばったり出くわしても、全然不思議じゃないんだけどね。サモンジにメールした？　デートできるかもよ』

『だからそんなんじゃないってば』

『ラジオで喋っちゃうくらい嬉しかったんだろうから、瑛から誘えば？』

『そうかなぁ。ほんとそう思う？　うう……どうしよう』

そう送ったらしばらくメールが来なかった。うざいと思われたかもしれない。ゆかりはねちっこい態度が大嫌いなのだ。

ストレッチも済み、ベッドに潜り込んだ。きっとゆかりから返信は来ないだろう。うとうとしていたら、枕元で携帯が震えた。マナーモードに切り替えていたので目覚めるのに時間がかかった。マナーだと誰の着信なのかすぐに分からないから面倒だ。誰かな、きっとゆかりだな、と思い携帯をじっと見れば『加賀太一』と名前が出ている。

思わず飛び起きてしまった。

『夜遅くにごめんな。今日は色々引っ張り回して迷惑かけたような気がして、なんだか気になったんで。もしも暇な時間があったら、飲みにでもいこうよ。何日までこっちにいんの？』

『迷惑だなんてこっちこそ！　今日は楽しかったよ。ありがと！　帰るのが日曜なんだけど、暇な時間があるどころか、それまで暇ばっかかしだよ。むしろ今さえ暇だもん』

思い付くがままに文章を打って送ってしまっていた。今暇だと書いたから、少しはメールを交わせるだろうか、なんて浅はかな期待もあった。

『今暇なの？』

『うん、皆寝ちゃって、テレビもろくなのないし、超暇』

『じゃあ今、夢の大橋走ってんだけど、ドライブする？』

八部柵大橋と八太郎大橋という二つの橋を合わせて夢の大橋と言う。太平洋と八部柵を一望できる地元のドライブにはうってつけのコースだ。

『行く行く』

パジャマを脱ぎ捨てた。張り切った私はお気に入りの下着にも着け替えた。なにがあるわけではないけれど、なにがないわけでもないかもしれないし、ともかくテンションが一気に上がり、心臓は有り得ないくらい速く打っている。

『じゃああと二十分くらいで着くから』

『分かった』

夜のメイクはちょっと濃い方がいいだろうか。ピアスはどれがいいだろうか。しまった、ネイルを落としてしまっている。今からじゃ無理だ。ミニスカートを穿いたらその気だと思われてしまうだろうか。かと言ってジーパンだと色気もなにもない。

ミニのフリル付きスカートにニーソ。

パンプスはヒールが低めで、春ジャケットだと寒いから昔のジャンパーを羽織って、髪は一つに括ってシュシュで、なんてことを玄関でしていたら、弟がのっそり暗闇に立っていた。

「うわっ。びっくりした」

「……ねっちゃん、どこさ行く気……」

「えっと」

「……こんな夜中に」

「……」

「清川《きよかわ》んとこ?」

清川とはゆかりの名字である。

「そ、そうなの。ファミレスでお喋りしようってなって」

「そんな気合い入れた格好で?」

「……と、東京じゃ、たとえ夜中でもジャージで外出なんて有り得ないから」

微妙な嘘をついてみた。

「じゃ、行ってきます」

「かっちゃんはともかく、とっちゃんにバレる前に帰ってこいよ」

「頼んだ」

「ちょ、ねっちゃん」

小声で非難する弟に手を合わせて私は家を出た。

数分、庭先でサモンジの車を待ち、到着すると助手席に乗り込んだ。サモンジは先程の服とは別の服に着替えている。そのくせ、

「あれ、着替えた?」

　なんて聞いてくる。

「そりゃ、一旦家着になったからさ。まさかパジャマで出てくるわけにはいかないでしょ」

「その格好、かわいいよ」

「……ありがと」

「さて、と。どこ行こっか」

「ドライブでしょ」

「あ、そか。えーと。じゃあ、行こっか」

　滑らかに車は出発する。かなり人気者らしいのに、乗っているのは中古の軽だ。後ろの座席にはギターや楽譜や、なんかよく分からない器具が置かれていたりする。

「恥ずかしいから後ろ見ないで。景色見てて景色！　仕事の道具積みっぱなしでさ、片そうとは思ってるんだけど……。不精しちゃうんだよね」

「ギター積んでることがカッコイイを演出すんだから、このままで良いんじゃない？」

「そっかな。あ、音楽かける？」

　と、かけられたのはアノ人のリミックスアルバムだった。ちょっと嬉しくなった。

「あれ、サモンジもこの人の好きなの？」

「えっと……、とある情報筋から瑛はこれが好きだって聞いたから、仕事場に置いてあったＣＤを適当にかっぱらってきた……」

　嘘でもいいから好きだとか言っておけばいいのに、不器用に素直である。

「あとね、これとか」

次に選曲されたのは最新シングルである。

「正直、一枚も持ってないしダウンロードもしてないからさ……有名なのしか知らなくて。ごめん」

「謝られても」

「だよなー。これから勉強する」

「言ったね」

「お手柔らかに」

てっきり海沿いを走るかと思っていたが、車は陸上自衛隊の傍の道から林の中に入り、曲がりくねった細い坂道を下って田んぼの真ん中に出た。

「どこに行くの？」

「八部柵の隠れた夜景スポット」

「こっち田んぼしかないよ。あと駅」

「ふっふっふ。その手前にでっかいのがあるじゃん」

なんのことを言っているのか分からなかったが、やがて正面に現れた蜂蜜色に輝く巨大な建造物に、私は声をなくした。

あれがまさかの『アリーナBeクイーン』。

「……スゲェ」

「まるで初めて見た観光客みたいなこと言ってらな」

近付くにつれ蜂蜜色の建造物はどんどん大きくなっていく。八部柵駅よりも遥かに大きい。異質。それ以外の言葉が思い浮かばない。どこが違うのかと言われても指摘はできない。ある種、仏像や宗教画を見ているような感覚とでも言おうか、『人の造った物』という存在意味以外のものを感じる。

「綺麗だべ」

「うん、本当凄い」

「穴場なんだよね」

確かにこんなに綺麗なのに、人の姿がまるでない。神々しすぎて近寄れないのだろうか。

これは、明らかに神の意思で造られたもの。

とはいえ、人の世界に有るのだから、造った人物や建設会社、デザイナーが居るはずだ。

「あれって、いつ、……誰が、造ったの？」

尋ねると、音がしなくなった。

「サモンジ？」

一向に返答は返ってこない。

アリーナから目を離し、サモンジを振り返ろうとして私は絶句した。辺りが、虹色の空気に包まれていたのだ。その空気の中、ハンドルに軽く手を添えたままアリーナを見上げたような格好で、サモンジが固まっていた。

くらりと目眩がする。気を失いそうになるのを、頭を振って堪えた。

突然の異変には慣れてもいいはずだろう、そう自分を落ち着かせようとした。

サモンジの姿も車も、駅もちゃんと見える。そこに様々な色の風が流れ込んできた感じだ。空気に色がついたとしか思えない。色は常に変わり、流れ動いている。アリーナＢｅクイーンだけが色を寄せつけず、蜂蜜色に輝いていた。

動悸は激しくなっていくばかりだ。

「なにこれ、なにこれ。え？　ねえ、……サモンジ、大丈夫？」

恐る恐る声をかけたが、サモンジは動かない。時計も、走っている車も、私以外の全てがカチッと止まっている。

時が止まっている。

「ちょっと……、ちょっと動いてよ！　返事して、喋って？　ねぇサモンジってば」

力一杯サモンジを揺さぶったが、ビクともしない。

「ねぇってばぁ」

泣きたくなった。怖くなった。

「どうしてぇ？」

自分の情けない鼻声だけが響いた。

ダルマの仕業だろうか。窓の外も、車の後部座席も、持ってきた小さな鞄の中も見た。ダルマが近くにいて悪戯をしているのかと思った。

「ダルマなの？　そうなんでしょ！　もうやめて!!」

必死で叫んだがダルマの姿はどこにもなかった。

「誰？　ねえ、誰がこんなことをしてるの！　ダルマ？　それとも他の神様？　ふざけるのはいい加減にして！」

冷静に事態を考えようと思ったが、永遠にこのままだろうかという不安が過ぎると、混乱は怒りへと変わった。車から飛び出して、殆ど使われていない歩道に立つと、七色に埋め尽くされた大空に向かって叫んだ。

「ダルマ!!」

ダン、と地面を蹴る。

ダン、ダン。

「なにがしたいの!?」

「わけ分かんない!!」

ダン、ダン、ダン……。

「いい加減にしてよ！」

ダンッダンッダンッダンッ。

「動けよ！」

ダン！

「動け!!」

最後に思いっきり地面を蹴った。足元から赤い閃光が弾けた。それを追うように、私を中心にして真っ白い光が波紋のように広がり、消えた。

それがなにかの合図だったのか、風が私の髪先を揺らした。視界が僅かに揺れて、低い声が私の耳に届いた。

「――誰が造ったかって、そんなん分かるかっつーの」

あははは、サモンジの声が笑う。

「え？」

辺りの七色が消え去り、世界が再び動き出す。

早送りと巻き戻しを同時に行っているような、目まぐるしい変化を始めた。

サモンジの車が溶け、道路が波打ち、月が輝き星がざわめく。雲が風と共に回転した。大地が、大気が、大宙《おおぞら》が、揺れて蠢いて捩れる。それらは私を避けて辺りを掻き混ぜ尽くした。

私だけが、混沌の中心にいる。そんな奇妙な気分だった。

ぐちゃぐちゃに混ざっていたものが、それぞれの形を作り始めた。空と地に分かれ、雲になり、草木が生え、建物や車ができる。

そして目の前に、蜂蜜色の輝きが広がる。

アリーナＢｅクイーンが、泰然として構えていた。

私はアリーナの正面に立っていた。傍にサモンジの車がある。振り返ると、サモンジが腕を組んでアリーナを見上げている。そして、何事もなかったかのように会話の続きをし出した。

「いつ造ったか、なんて愚問なんで？　瑛。アリーナＢｅクイーンはいつ誰がどうやって造ったのか不明の建物なんだ。市が指定した重要文化財で、博物館では永遠に解けない謎として半ば諦めつつも、現在進行形で研究がなされているところ。考古学者とかが妙に熱入れてるけど、これって考古学ってほど古くないよなぁ」

素早く周囲に視線を走らせたが、ママチャリも無く、福山大明神の鳥居や社も無い。勿論、ダルマもアノ人そっくりの人間モドキも居なかった。

サモンジはアリーナを見上げながら話を続ける。

「でも、戦前からあったのか戦後造られたのかも分からない。現代科学では到底製造不可能な技術を駆使した設備だったり、原材料の特定がつかない素材が用いられているから、宇宙人が一夜にして造ったとか、未来人がやって来て造ったとかなんて言われてたら」

身震いした。

「宇宙人や未来人はまあファンタジーとして、戦前ってのはないよな。ここって田舎だけど、大きめの港があるから空襲は酷かったんだって。こんな目立つ建物があったら集中砲火浴びてらし。でもな、戦後だったら建設資料が残ってたっておかしくないし、市民の多くが記憶していてもいいんだよな。……ま、これは八部柵の誇る永遠に解けない謎、想像力と夢とロマンを市民に与え続けるミステリーってわけよ」

サモンジの言う通り、私の問いは愚問だった。いつ誰がどうやって造ったか、それを知っているのは、世界中の人間の中で私だけだ。

ダルマが、えいやっと掛け声でもして、一瞬で造ったのだ。

さっきの七色の光は、おそらく、修正だ。私の質問にサモンジが答えられるように、過去から全てつくりかえたのだ。

謎の建造物『アリーナＢｅクイーン』。上空から見れば六角形で、蜂の巣をモチーフにしているらしい。

正面入り口は、ガラスと材質不明の蜂蜜色の壁が交互に並んでいて、ドアらしきものは見当たらない。また淡い蜂蜜色の壁は、遠くからだと中が見えないのに、顔を近付ければほんのり透けて見える。ノックをすれば非常に硬い音がして、ガラスのような脆さは全く感じられない。

だだっ広い駐車スペースは主に出演する方々向けのようで、一般人は入れないようになっていたが、私はそれに気が付かず大型機材搬入口付近まで侵入してしまった。

周りに停まっている大型トラックの荷台は全て、同じデザインとアーティスト名で統一されている。

「これって？」

「土日にあるライブのじゃないかな。アリーナツアー」

ツアー。

他のところからやって来る巨大なプロジェクト。出演者、スタッフ、それから出資者に後援者、多くのファン、かかる時間、お金、機材、意気込み、その他諸々の渦巻く目に見えない繋がり。

変わったのは、街だけじゃない。八部柵だけじゃない。

この世の全てが、変わった。いや、まだ変わり続けているのだ。さっきの混沌とした状態を思い出した。無かったものが有るということは、有ったものが無いということにもなる。そしてそれは、まだ完結していない。さっきのように突然七色の光と混沌に飲み込まれ、否応無しに変えられてしまう。

恐る恐るサモンジを見上げた。サモンジはジャケットのポケットに手を突っ込んでトラックのロゴを見ている。

「ね、サモンジ」

「ん？」

呼び掛けたものの、なにを尋ねるつもりだったのか自分でも分からない。

「……なんでもない」

ただ、サモンジに対して抱いていた淡い感情を、果たしてこのまま育てていいのか分からなくなった。

帰途についたのは三時頃だった。特に進展はなく、サモンジが好きだという曲を聴きながら海沿いをドライブしただけだ。お茶もしていない。サモンジも私も殆ど喋らなかったが、音楽が間に入っていたので、意識して会話を繋ごうとしなくて済んだ。楽しい話題を提供できる精神状態ではなかったのだ。

それでも、

「明日……もう今日か。夜に時間あったら飲みに行かない？」

と誘われた私は、不覚にも胸が躍り、考える前に快諾していた。

「おごり？」

「勿論」

「楽しみにしてる」

帰宅するとリビングに電気がついていてビクビクした。弟だった。

「お土産は？」

「無い」

「ケチー」

「明日も仕事なんでしょ。もう寝なよ」

メイクを落とし、パジャマに着替え直してベッドに潜ると、またゆかりの着メロが響く。最後まで聴く精神力がなくて、私はすぐに携帯を開いた。

『デートの約束できた？』

どこからか見張っているんじゃないだろうか。

『明日飲みに行くことになった』

『やったじゃん』

『さっきドライブしてきた』

『マジで？』

『アリーナ見て、海沿い走ってきた』

『そんだけ？　チューは？』

『してないよ！』

しばし間がある。

『行動が早いわりに、肝心なところでガツンと行けない野郎だな。よし、瑛、お前から行け』

『もう！　楽しんでるでしょ！　やめてよ。もう寝る！　お休み！』

第五章

目覚めは爽快とはいかなかった。

「だるい」

第一声がこれだとモチベーションが上がらない。口にして後悔した。しかしながら、だるいものは、だるい。

気分を変えようと、ちょっとぬるめのお湯でシャワーを浴びる。目が覚めた。足取りも幾分軽やかになり、冷凍庫にソーダ味のアイスキャンディーが入っていたことを思い出した。

リビングに行くと、コタツに見知らぬ男の後ろ姿があった。朱色の鯉のプリントが、背中で天を目指している。表側は下る龍だったりするのだろうか。

誰だろう。部屋の入り口で立ち止まったまま見下ろしていると、ゆっくりとその人物が振り返り、アイスキャンディーを齧りながらこう言った。

「あれ、ねっちゃん……早いね」

ねっちゃん。姉に対するあまり敬意のない呼び名である。愚弟、鳩保が私を呼ぶのに頻繁に用いる。だがしかし、赤の他人にそう呼ばれたことは未だかつてなかった。では弟なのか。いやまさか。

「誰？」

「は？　寝ぼけてんの」

弟のような人物は、片眉を歪めて立ち上がり、台所へ行ってアイスキャンディーをもう一本取り出す。

和テイストのロックな服に身を包んだ青年の顔は、どう見ても弟のものだった。身長も変わっていない。声も、大きめの耳朶も同じだ。けれど、身体つきが一回り逞しくなっている。少し長めだった茶髪は黒髪になり、爽やかに短く揃えられ、流行のオシャレメガネを引っかけている。

そしてコタツに戻り、何本目か知れないソーダアイスの袋を破る。

「どうなってんの……」

「さっきからなにわけ分かんないことへってらの。寒いからドア閉めろじゃ」

「ご、めん」

私はドアを閉めると自分の部屋に戻った。そして、誰に言うわけでもなく呟いた。

「なにが起こった？」

考えられることは一つだ。昨夜、私が眠ってから弟は髪を黒く戻し、さっぱりと切り、相当キツイ筋トレで肉体改造を行ったのだ。それ以外に考えられない。

私のことをねっちゃんと呼んでいた。いつもの如く欲望の赴くままにアイスを齧っていた。

あれは弟だ。弟でなければならない。弟に違いない。

「うん、きっとそう。大丈夫」

私は気を取り直してリビングに戻った。弟はまた新しいアイスキャンディーの袋を破っていた。

「腹壊すよ」

「もう既にちょっとヤバい」

「……ならやめりゃいいのに」

「トイレに行けば治るじゃん」

「それを腹を下すって言うんだよ」

「知ってる」

やはり中身は私のよく知る弟である。

「んでねっちゃん、サモンジとはどうなった?」

ドキンと胸の奥に妙な痛みが走った。

「どうもなってないよ」

「やっぱりサモンジだったんだ」

「あ! てめー!」

「あはは一、単純」

会話の間が空き、妙に居心地が悪くなる。この弟とどんな会話をすればいいのか見当が付かなかった。今まで姉弟間での話題の共通性など気にしたことがない。ツーと言えばカー。あ・うんに、「どさ」「ゆさ」レベルの言葉の切り返しをしてきた。

「えっと、お前の着てるそのシャツいいね。朱色の鯉のプリント」

「だべ？　高かったすけ」

にかっと笑うところは変わっていない。

「どこで買ったのさ」

「イシドー」

確か高台から小田坂《こださか》を下った辺り一帯の区域が、河原木《かわらぎ》や石堂《いしどう》と呼ばれていたはずだ。

「石堂ね。ふーん。……和柄の店ができたんだ」

弟は片眉を顰める。

「まあ、この店は最近できたショップのだけど……。和柄っていうか、雅なモチーフを尖らせてる感じで。でも、ねっちゃん好みのシンプルなのもあるよ」

弟の発言に今度は私が片眉を歪めた。

私の好みはどちらかと言えばガラモノ派重ね着派だ。ゴシックロリータやゴシックパンク等は身に着けないが、でかいプリントのTシャツとか膨らんだスカートとか、結構ごてごてしていると思う。サモンジが言ってたように、ケラっぽいといえば、ぽい。

嫌な予感がする。と思った時、天井の方にヅンという物々しい揺れを感じた。

「地震？」

いや震源が空中の地震など地震じゃない。

急いで階段を駆け上がり自分の部屋の扉を開けた。一瞬、七色の光が見えた。しかしそれは瞬きをした間に消え失せ、私の部屋は思った通りの事態に陥っていた。

部屋の内装が朝起きた時と全然違っていたのだ。

「……やられた」

壁際にエレキギターがある。

エレクトリックギター。

「……なにこれ！」

「ねっちゃん、どしたのえ」

心配してやって来た弟に、私はまず、この初対面の楽器について尋ねた。

「これなに？」

「ギター」

「誰の！」

「ねっちゃんの」

「いやいやいやいやいやいや。使ったことないんだけど！」

「俺もねっちゃんが弾いてるトコ見たことねーじゃ」

「じゃあなんであんの？　どうしてあんの？　なにがしたいの？　なにをさせたいの？」

「さぁ？」

ぽかんとした顔で答えられイラッとする。私は床を思いっきり一回蹴った。

「っつか、なにこの部屋。すんげガランとしてんだけど。ピンクのちゃぶ台は？　キャスのカーテンは？　もこもこのラグは？」

　更なる大声で叫んだ。

「っていうか私のコレクションは！」

「落ち着けじゃあ。なにそったに慌ててんのか知らねーけど、アノ男のグッズだったら、ビニールに入れて押し入れさしまってらっきゃ」

　言う通り、押し入れには中学時代から集めまくった雑誌にポスターにポストカードにCDやビデオにライブDVD、録画したテレビ番組まで、きっちり分類済みで収納されていた。録音したラジオのカセットもちゃんと保存している。通販で買ったカレンダー、ライブグッズにパンフレット、ファンクラブの会報、記念ステッカーに記念ブックレット、地域限定のフリーペーパー、その他諸々。全部そのままだ。

「……よ、良かったぁ……」

　これがなくなっていたら生きていけない。むしろこれさえ無事なら、部屋の内装が変わっていようが、たんすの中身が入れ替わっていようが、パンツがヒモパンに変わっていようが目を瞑る。

　でもダルマはしばらく。

「えがったな、ちゃーんとあってよ」

「うん。で、……なんでお前私の部屋の中知ってんの」

「なに言ってんだ。ねっちゃんが東京から送ってよこすそのオッカケグッズ、丁寧にしまってやってんの俺だっつの。お礼は？　お礼」

「あんがと」

「んで、一回でもコンサートさ行けた？」

「……んにゃ」

「マジかよ。ファン歴何年だよ。ファンクラブにも入ってんだろ？」

全く自慢できないことだが、ファンクラブ先行予約も、チケット会員先行販売も、電話予約も、ファンクラブ会員限定のイベントも、ラジオの公開収録にすら当たらないのだ。きっとそういう運命なのだろう。なのにダルマには当たってしまった。ダルマで我慢しろという神様の思し召しだろうか。そういやダルマも神だった。

「ファン友とかからチケット譲ってもらったりしないの？」

「ファン友いないもん」

「ネットで落とすとか」

「何回か試みはしてみたけど……」

「最悪、ダフ屋」

「一回目は正規の手続きを踏みたい」

「……。あ、やべーじゃ。ねっちゃんの相手してらったせいで仕事に遅れる」

と、私を置いて部屋を出ていく弟の背中は妙に広い。

私は手近にあったポスターを一枚開き、数秒眺めてからしまった。ダルマと同じ顔をしていた。ポスターの方がだいぶ若いけれども。

弟が変わった。

私の部屋も変わった。

たんすの中のパンツまで変わり、一生涯関わりを持たないはずの楽器が部屋にいた。よりによってエレキギターである。どうやれば音が出るのかも分からない。なのに私のものであるという。

服を変える、見た目を変える、それはアイデンティティの取り替えである。誰かが私から自己を奪い、別の自己を植え付けようとしているのだ。ダルマだろうか。そうに違いない。

たんすから私の趣味とは異なる服を取り出して、鏡の前であててみた。Aラインの黒いワンピースで、膝上の丈。裾に赤いスパンコールでラインが引かれている。

試しに着てみるとサイズもピッタリだった。それなりに似合って見える。化粧ポーチの中身も若干の変化が見られた。

これでメイクする勇気は、無い。

まるで他人の部屋のような居心地の悪さを感じながらベッドに腰かけた。

目に入ったギターは見なかったことにした。

目に入った棚には写真が飾ってあったので、手に取った。

高校時代の写真だ。背景からするに、修学旅行で行った京都の清水寺だろうか。

片方は私、もう片方は見知らぬ男子である。

これは誰だろう。

背が高く、笑顔が可愛いかなりのイケメン君である。今まで付き合った元彼共の誰よりもカッコイイ。雑誌で目にするモデルに勝るとも劣らず、タイプは違えどサモンジに匹敵する。

彼氏や友達だったら絶対に自慢しまくるだろうそのイケメンが、私とがっちり肩を組んで最高の笑顔を写真に残していた。

私の過去に私の知らない人物がいる。かなり親しそうなのに、私はその人物の記憶が全く無かった。

申しわけなかった。

この青年の正体をいち早く知る必要を感じたので、私は再び押し入れを開け、アルバム等、自分の過去を知ることのできる様々なアイテムを探した。中にはゆかりとやっていた交換日記もあった。

高校のアルバムを開けば、そこには私の記憶に残っている写真が沢山あった。ただ若干変わっている部分もある。途中から学校に来なくなった同級生が集合写真の中に居たのだ。

その子は、表情は冴えないものの、色の白いユニセックスな風貌で、地味に見えてかなり派手な顔つきをしていた。女の子である。

そういえば、私と仲の良かった男子グループの中の一人が、しょっちゅう彼女を見つめていた。今更ながら、私はとてもおかしくなった。

なんだ、あの子も本当は居場所があったのだ。ただ、切っ掛けがなくて居場所が不安定だったのだ。この世界では居場所が安定していたのかもしれない。だから、彼女はクラス写真に写っている。美術部の写真にも写っていた。私が写っているバスケ部の写真に比べたら、部員数も違うのでずっと小さな写真だったが、彼女は確かに居た。少しだけ私は救われたような気がした。

アルバムのページを捲っていけば、部屋にある写真の中の男子と同じ姿が結構あった。かなり人望があるのだろう、生徒会写真にまで写っているし、周りは男女問わず人と笑顔で溢れている。その横に私の姿がある写真も少なくなかった。

アルバムの最後の方にある寄せ書きのページには、一緒に撮ったプリクラが貼ってある。「祝・卒業！」と書かれ、二人で同じ変顔、同じガッツポーズを取っていた。

心臓が止まりそうになった。

「ウソでしょ」

音を立ててアルバムを閉じた。

あのプリクラを撮った記憶がある。卒業式の帰り、他の友人達と打ち上げに行く前のちょっとした時間に、街にある当時一番大きかったゲームセンターで撮ったものだ。

ゆかりと一緒に。

それがどうして、まさか、いや、そんな……。

クラスのページを急いで開き、ゆかりの写真を探したが、同じクラスの女子のコーナーには親友の顔はなかった。

そして、男子のコーナー。そこにあのイケメン学生の顔がすました顔で載っている。

清川翔《しょう》。

清川ゆかりが消え、清川翔が居る。

ゆかりという女子が消え、翔という男子が居る。

翔は、ゆかりが居るべき場所に、当然のように居る。

急いで携帯を取り出し、昨夜のメールの履歴を見る。

何故気が付かなかったのだろう、夕べ私がずっとメールをしていた相手は、清川翔だった。

縋る気持ちでメールの送受信ボックスを開いた。昨日ゆかりと街で遊ぶにあたり、ここ数日は密に連絡を取り合っていたので、そのやり取りが残っているはずだった。

「……ウソでしょ。やだ、嘘だ」

だが、受信フォルダにゆかりからのメールは一件も残っていない。けれど送信フォルダには、私からゆかりに宛てたメールが残っている。宛名にはちゃんと『清川ゆかり』と記されている。

ゆかりは、存在したのか。

でも登録データにはゆかりではなく翔が居る。

そうだ、とさっき見付けたゆかりとの交換日記を開いた。そこには翔ではなくゆかりの名が書かれ、見知った字でゆかりの赤裸裸な日常がなぐり書きにされている。日記を通してした大げんかもしっかり残っていた。

ゆかりは消えていない。きっと、ゆかりの他に、翔という人物が出現して、二人は双子かなにかなのだろう。ゆかりは私とは別の高校に行き、親交を深めたのは翔の方だった。そう考えれば辻褄があうではないか。

と、考えを落ち着かせた瞬間だった。

私の手にしていた交換日記のノートが激しく震えた。そして七色の閃光をほとばしらせる。思わず目を瞑ると、手に衝撃が走った。衝撃は私の前髪を揺らした。

爆音はしなかったが、窓ガラスが微かに震え、音を立てている。

恐る恐る目を開ける。私の手からノートは消え失せ、代わりに一通の手紙が指の間に挟まれていた。

「鳩瑛様」

綺麗な字で宛名書きされた封筒は、何故かラミネートパックされていて、ビニールをハサミで切らなければ中が確認できないようになっていた。差出し人の名はない。手紙自体は一度開封された形跡がある。

私は引き出しからハサミを取り出したが、刃をビニールに当てたものの、切ることができなかった。

でも、確かめずにはいられない。ラミネートされた手紙とハサミを引き出しに放り込むと、ゆかりの実家へ向かった。

清川家のリビングの窓が開け放たれていて、白いレースのカーテンがはためいている。

表札の下にインターホンがあったが、なかなかそれに指が伸びない。何度かその前を行ったり来たりしてから、やっと押すことができた。

すぐに、二重扉の内側が開いて、見知らぬ女性が顔を出した。

「はい、どなたでしょう」

彼女はゆかりではない。赤ちゃんを抱いていた。ガラス戸越しに私の正体を尋ねてきたが、私も、あなたはどなた、と尋ねたかった。

「あのう、……私、鳩瑛といいまして」

「ハト……アキラ?」

彼女の眉間に皺が寄った。

「夫なら今居ません」

「え?」

「翔なら居ませんから、帰ってください」

扉がドシンと閉まり、施錠の音が響く。

「あの、翔とかって人じゃなく、ゆかりに会いたいんです。ゆかり、居ませんか?」

「そんな人、居ません!」

女性は更にヒステリックに叫んだ。赤ちゃんの泣き声が聞こえた。

「帰って!」

第六章

家に辿り着いた時には、どうして立っていられるのか自分でも不思議な状態だった。

手に力が入らない。ドアノブが上手く回せなかった。

それでもなんとか玄関を開けると、虹色の光がそこかしこでファン、ファン、と光って消えている。光が消えた後には、見知らぬ小物が増えていたり、マットの色が変わっていたりと、あからさまな変化を見せていた。

そんな中で、母がぱたぱたと廊下を歩き、手際良く掃除をしている。七色の光や増えた小物には気が付いていている様子が全くない。それどころか、母の手首にも光が発生し、消えた後には細身ベルトの腕時計が現れていた。

「お母さん、その時計……いつから持ってたっけ？」

母は掃除の手を止めて、ちょっと照れた笑顔になった。

「これ？　去年の誕生日にお父さんに買ってもらったの。どう？」

「……いいんじゃない？」

ファン。

私の耳辺りに光が現れて、消えた。光に眩んだ目を細め、そっと耳朶に手を当てると、片耳に三つずつ開いていたピアス穴が一つずつに減っていた。鏡を覗き込めば、耳には見たこともないピアスが嵌まっている。

スカートの飾り程度のポケットに小さな光が灯った。指を入れると、さっきまでつけていたピアスが入っていた。

とうとう、私自身も変わり始めていた。やがて全くの別人になってしまうかもしれない。弟のように。いや、ゆかりが翔に変わったように、肉体や人生そのものが全く違うものになってしまうかもしれない。

私の願いによって、昨日の時点での『現在』が変わったのは確かだ。

それに伴い、変わった『現在』に至るまでの過去が必要となり、過去が遅れて変化している。過去が変化すると、現在も変化する。

未来に行くにつれ、過去が変わる。

頭が混乱してきた。時間が理解できない。今はいつだ。明日はいつだ。昨日は本当に昨日だったのか。

私の中の昨日と、私以外の人間の昨日はきっと違う。

「瑛、どうしたの。顔真っ青よ」

早くダルマを見付け出して、手遅れになる前にこの変化を止めなければいけない。もう手遅れかもしれないが、ともかく止めるのだ。

私は変わりたくない。私は私でいたい。私の大切な人達は、私の大切な人のままで。辻褄合わせで消したりさせない。消されたくない。

「お母さん、福山大明神って知ってる？」

「ええ？　そうねぇ、この辺りじゃ聞かないわね」

「じゃあ、ダルマの神社は？」

「ダルマって、あの……選挙の時とかに目を描く、赤いやつ？」

「白」

「……雪だるま？」

「じゃあ、黄色」

母は怪訝な顔をして首を傾げた。

「ちょっと、出かけてくる」

「はぁ？　そんな青い顔でなに言って、」

「行ってきます！」

「ちょっと待ちなさい、瑛！」

待っていたらあんたが消えてしまうかもしれないじゃないか。

陸上自衛隊の傍にあるバス停からラジオが微かに流れている。陽射しは暖かいが風は冷たい。遅れもなくやって来たバスに乗り込むと、天井近くの壁に週刊誌の見出しや今月の文庫の新刊情報があった。

アイドルグループのフォトブック予約受付中、と地域密着型書店の広告。全国規模のファッション雑誌の広告の他に、地元のファッション雑誌。

大きくバスがカーブした。高台に差しかかったのだ。広告ばかりを見るのをやめ、私はつり革を掴む手に力を入れた。

窓の外が開けた。私は息を呑んだ。

窓枠の向こうの眼下には、広告の海が広がっていたのである。

あまりの迫力に汗がじっとりと滲み出してきた。計り知れないほどの辻褄合わせが行われた証拠だ。

廿三日町のバス停で下車した。

パシャ。

「え？」

シャッターの音に振り返ると、そこには制服の上にダッフルコートを羽織った女子高校生が立っていた。

「おはようございます。突然すみません。私こういう者でして、今撮らせていただいた写真を今度の広告の素材のサンプルとして使わせていただきます。ありがとうございました」

と私に名刺を押し付けると深々と頭を下げて、急ぐように裏町側のバス通りに走り去っていった。

名刺には、八部柵西高校写真広告部、と記載されている。

「写真、広告部？」

周りは広告に溢れている。そしてその中で広告を作る人間が育っている。育っていなければならないのだ。この中で育つのが普通なのだ。

だが、私は育っていない。

大学生と思しき青年が、全速力で私の横を走って抜いていった。そしてその後を、やはり全速力でカメラを持った女子大生風の女の子が駆けていく。

交差点でランナーは止まり、前屈みになって息を整えながら、ビデオカメラで映像を確認している。

「……もう一回やるよ！」

とカメラマンの女の子が言った。えー、疲れたー、などと男子達は項垂れたが、

「急いで。今日中に編集に回せないよ！」

とせっつかれて、今度はのろのろと私の横を過ぎていく。

この金のかかってなさそうな撮影も、広告とかに関係があるのかもしれない。映像広告とでもいうのだろうか。

私もやがて、彼等のようにカメラを手にし、写真やらビデオやらで広告を作り出すのだろうか。朝日が覚めたら、なんの疑いもなく、昨日は無かったはずのカメラに手を伸ばす。もしくは絵筆、キャッチコピーの原稿、編集ソフトの入ったパソコン。

そこではたと気が付いた。部屋に置いてあったギター。

私には広告ではなく、音楽が用意されていたのだ。


ダルマが戻ってきている可能性にかけて、福山大明神があった場所に足を運んでみたのだが、案の定そこに神社はなかった。というより、痕跡すら無い。あるのは、植物で囲われた民家の庭と、運動公園の網状のフェンスだけだった。民家の木々とフェンスの間には、私の人指し指が辛うじて入り込むくらいの空間しかない。

もしかしたら、もう私にはダルマを見付けることはできないのではないだろうか。そもそもダルマに会えたのは神の気まぐれとか、なにか特別な条件が重なってたまたま私が見付けただけで、二度目の遭遇は有り得ないとか。

いや、ネガティブになってはいけない。まだ八部柵中を捜したわけではないから、絶対に見付けられないとは限らない。

でも八部柵は狭いけど、広い。第一、ダルマは手足とママチャリという移動手段を得たし、とっくに八部柵の外に出ているかもしれない。今頃九州とかに居るかもしれない。

諦めかけた時、街中に小さな野良犬の姿を見付けた。今どき珍しいなと思い、はっと閃いた。あれは、野良犬じゃない。

狛犬だ。

昨日見えていた犬や狐や海猫。あれらは明らかにダルマと同じ世界に生きる者共だ。

「犬！」

私は小さな犬を引っ掴んだ。その瞳に恐怖が覗いたのが見て取れた。

「ダルマを知らない？」

犬はがたがた震えている。そしてぐるんと一回転して私の手から逃れ、宙を蹴るようにして空に逃げていってしまった。

「待って、ねえ！　ダルマの居場所教えて！」

犬を追って走り出す。だがすぐに見失ってしまった。

他に犬や狐が居ないかと改めて街中を歩き回ったが、それらしい姿が見付からない。ゆうべはあんなに居たのに、どうしてだろう。そういえば、サモンジはギターを弾いている時に存在を感じると言っていた。脳裏に今朝出現したエレキギターが浮かんだ。

いや、よそう。一朝一夕でできるものでもないし、あれだけ集まったのはサモンジが弾いたからだ。私が弾いたって集まってくるはずがない。むしろ逃げ出す。

「……」

ふと思い立って、ポケットから携帯を取り出した。そして、今までダウンロードしてきた数々の楽曲の中から、ある一曲を選択し、最大音量で流した。

一曲終わっても現れない。そして二回目のサビに入った時だ。

〈ちゅっちゅっちゅっちゅー〉

来た。

嬉しそうに尻尾を振って、一匹の狛犬が全速力でこちらへ向かってきた。

犬に全力で向かってこられたことがなかったので、その光景は些か恐怖だったが、相手は喜んでいるだけだと知っているし、逃げ出したら音を追いかけようともっと全力で向かってくるのは目に見えている。奴等は、飛ぶ。ぐっとこらえ、携帯を前に突き出した。

〈ちゅっちゅっちゅー〉

犬は毛玉にじゃれついて楽しそうに歌う。その首根っこを、私はしっかりと掴んだ。

「捕まえた」

〈……捕まってしまった〉

犬は結構いい声でそう呟いた。

早速、私は福山大明神のことを聞いてみたが、犬は知らないとの即答だった。

「だってその神社は街にあったんだよ。あんた、街の狛犬でしょ。前を通ったりしないの」

〈大抵は我が神の社に居る。音楽デーなど特別な時でないと外には出ない。しかも、用もないのに他の社に行くなどするわけがない〉

「じゃあ、今はどうしてここに居んの」

〈それは……外をぶらっとしてこいと、言われたからだ〉

「言われたって、誰に？」

〈我が神だけれど？　それ以外に誰がいると？〉

確かサモンジは外で演奏をするとなにかが寄ってくると言っていなかったか。疑問が浮かんだけれども、追究している時間がない。

「あっそう。じゃあ、こんな顔の神様、見なかった？　その辺をママチャリでうろついているかもしれないいんだけど」

私は携帯を開いて待ち受け画面を見せた。アノ人が写っている。すなわち、ダルマだ。

〈ああ、これなら見たことがある〉

「ほんと！　どこで」

〈ちゅっちゅっちゅっちゅー、の歌を歌っている人間だろう？〉

そっちか。そうなのだが、今欲しい答えはそれではなかった。落胆を隠せず、溜め息をついてしまうと、犬はキュンと鼻を鳴らした。

〈役に立てず悪かったな〉

落ち込んでいる時間が惜しかった。

「ううん。こっちこそ、いきなりごめんね。協力してくれてありがとう」

歩くというよりも殆ど走り、ダルマを捜して街中をくまなく歩く。

裏町の、入り組んだ飲み屋街に足を踏み入れた時、突き当たりの店の脇に、小さなお稲荷さんを見付けた。ダルマの社くらいに小さいそれを、思わずじっと見つめると、唐突に白い狐が目の前に現れた。

「え！」

目の前の神社から出てきたのだろうか。すらっとした細い身体で、背をぴんと伸ばして座っている。

「き……狐」

〈そうだとも、狐様だ〉

早速、福山大明神という神社について聞いた。

〈なんだ、それ〉

「じゃあさ、ダルマの神は知ってる？」

〈ダルマ……。ボダイダルマか？　ここで神になったのか〉

「さ、さぁ？　なったんじゃないの？」

〈見たことがないが？〉

どうやら、ダルマの神が居るという私の言葉自体を疑っているようだ。

「ダルマはダルマの姿をしているとは限らなくって、今ならもしかしたらこんな格好をしているかもしれないんだけど、こっちは見たことない？　どう？」

再び携帯の待ち受け画面を見せてみた。

〈あ、この姿なら知っているぞ。あれだろ〉

狐が見上げた先には、アノ人が宣伝キャラクターを務める巨大な広告板がそびえていた。

「そうなんだけど……」

〈あれなら、たまにテレビに出てるだろ。テレビ局に行けば、見付かるんじゃないのか？〉

ダルマ捜索の思わぬ弊害である。それにテレビ局に行っても、ダルマは勿論、ご本人様もまず見付からないだろう。

ふと、私は奇妙な感覚に囚われて顔を上げた。空に、目には見えないがキラキラと光る筋がある。薄い羽衣みたいな感じがした。

〈気が付いたか？〉

「うん。あれ、なに」

〈神の気配だ〉

気配を追って空に視線を走らせた。決して無視することのできない強い気配は、今にも消えそうに途切れ途切れになっている。

どこかに繋がりが有るはずだ。気配の糸を繋ごうと、その場をぐるぐると回転した。空が回る、目が回る。

やっと僅かな繋がりを感じ取ると、私はその方向を見据えた。感覚が鋭敏になっていて、神が居るであろう方向は分かるのに、肉体が耐えられず、私はよろけて派手に転げた。

「きゃっ」

身体を支えようとついた手が赤く腫れ上がる。膝小僧も擦りむいていた。

「いったぁー……」

くすくす、と狐に笑われて、私は意地になって立ち上がった。狐がすっと消えた。

一応、神社に向かってお礼を言った。

気配の移動した方向を太陽の角度を頼りに思い出し、路地や民家の脇、交通量の激しい道路を突っ切って糸を手繰った。

ダルマを見付けるのに、なにも神の使い達に頼らずとも、神様に直接聞けばいいのだ。もしかしたら、ダルマに頼らずとも神様の力で八部柵の変化が止まるかもしれない。

ところが近いと感じていたその大いなる気配は、想像以上に遠く、歩いても歩いても辿り着くことができない。もしかしたら一山越えているのかもしれない。

あれを追うよりも、近くの神社にも神様が居るではないか。そう思い、近くにある大きな神社の鳥居を潜り、神殿に手を合わせた。

しかし、神は現れない。それどころか神の使いらしき者も現れない。逆に、ぴりぴりとした緊張がある。まるで、私を敵視しているようで、居心地が悪い。

「お邪魔しました」

これ以上はここに居られないと思い、私はお礼を述べてから神社を後にした。

その他にも大小様々な神社に行ってみたが、やはり同じような状況で、早々に退散した。

これ以上神社を渡り歩くより、さっきの気配を追った方がよさそうだ。もう気配は感じられなかったが、感じていた方向は私の実家の近くだったので、実家方面へ行くバスに試しに乗り込んでみた。

降りたのは桔梗野と言われる地区だ。

桔梗の花が群生している、わけではない。通っていた小学校もこの地区にあり、通りは商店街になっている。アーチ状の商店街ゲートには桔梗の花のモチーフが添えられている。

数日前まではシャッター通りと化していたこの通りにも店や人が戻り、駄菓子屋と、品揃えの良さそうなドラッグストアが一際目立っていた。

ドラッグストアには、思春期の中学生をターゲットにしているのか、ニキビ防止のアイテムや、部活後のアイシング剤、テーピングのセットにあぶら取り紙やリップクリームが豊富に取り揃えられていた。他にも、肉屋や八百屋が店を開き、魚屋はなかったが、何故か釣り具屋がある。コンビニの隣に本屋。

そしてＣＤ屋が幾つもある。新譜のＣＤ屋には大量の楽譜、中古のＣＤ屋には音楽雑誌のバックナンバーが揃っていた。ライブラリ、と筆記体で書かれた看板の店にも楽譜が並んでいたが、どうやらそれは販売ではないようだった。あまり出回っていない古い楽譜の貸し出しや、テープ起こし、清書等を行っているらしい。

音楽だけに留まらず、青森に伝わる口伝えのお経や念仏等も譜面に起こしているようで、中には危険なオカルト信仰と見なされメディアで幾度となく取り上げられた、かの有名な新興宗教団体の経文らしきものまであった。大丈夫なのだろうか、ここ。

地元の商店街の変わりように思わずうろうろしていたが、頭の上から強烈な気配を感じ取って当初の目的を思い出した。

神がこの近くに居る。

私は気配に向かって駆けた。

息も絶え絶えでたどり着いた場所は、採掘場だった。

崖の上に、黒ずんだしめ縄を枝に引っかけた樹があった。だがそこへ行く道が見当たらず、仕方なく脇の茂みに分け入って、笹や小さな木に掴まりながら小山を登った。

靴が泥だらけになったが、数分で怪我もなく崖際に立つことができた。なかなか眺めが良い。青森市に向かって延びる新幹線の線路が水の張っていない田んぼを横切っていた。残念なのは空をぶった切るような高架線だ。

しめ縄のついた樹の部分に、小さな社のような物が隠れるように建っていた。随分朽ちているが小さな鳥居もあり、苔むした狐の置き物が座っている。

鳥居からは今も大いなる気配が漏れ出している。手をかざすと、触れた部分がぴりぴりする。肌に静電気が走る感覚に似ていた。

気配はゆっくりと鎮まりかけている。気配のみを残して神は既に立ち去った後だったようだ。けれどそれとは若干違う気配、言うなれば殺気のような感じが鳥居から漏れ始めた。それは濃度を増し、やがて私を包み込んだ。街の神社で感じた緊張よりももっとはっきりした敵意。息苦しい。身構えながら辺りを見回した。足もとがぬかるんでいる。背後は崖だ。

しゅっ。

左後ろをなにかが横切った。反射的に振り返ると、今度はもっと近い距離をしゅっとなにかが横切る。

しゅ。しゅ。しゅしゅっ。

目には見えないなにかは複数だった。

落とす気だな。

何者かの考えることが理解できた。ビルの三階くらいの高さだ。落ちれば大怪我、打ちどころが悪ければ死んでしまうだろう。下には岩とも呼べる大きさの石ころがごろごろ転がっている。

奴等は私を殺す気だ。落とされる前にここから逃げ出すか、もしくは猛然と立ち向かうか、それとも、意表をついて自ら崖を落ちてみるか。一瞬選択に迷った。

敵が先に動いた。しゅっと足元にやって来て、私が反応する前に右足を払った。鋭い痛みが右足から腰の辺り目がけて走った。

「うぐっ」

私の喉は苦悶の声を押し出した。そして私自身は、宙を飛んだ。

痛みを感じたのは、足を払われたためではなく、バランスを崩すのを堪えて踏んばったせいだ。そして右足は人ならざる力でもって、私の身体を空高く押し上げたのだ。

宙をゆっくりと舞いながら、限界を超えたバカ力を発揮した右足の痛みを感じ、身体を包む風の流れを感じた。

そして私に突き刺さる、無数の視線を。

小山や崖や採掘場には、幾百幾千もの黄色く光る鋭い目が、みっしりと敷き詰められていた。

ゆっくりと私の身体は重力に引っ張られていく。そして何者か達の縄張りに身体が入ると、奴等は一斉に私に襲いかかった。

身体に牙が刺さり、爪で肌を裂かれ、骨を砕かれる。

そして私の骸はどちゃっと地面に落ちた。

奴等は容赦なく私の身体を食いちぎろうとする。痛みは感じなかった。ただ、自分の置かれた状況がいまいち理解できずに、白い毛並みの向こうに覗く空を見つめていた。

ぼんやりとした頭でなんとなく予想がついたのは、私を喰らっているのは狐、ということだ。くちゃくちゃという生肉を噛む音が耳障りだ。骨が砕ける音が身体の中から聞こえる。どこか低い唸り声もし、目の前をほぼ覆っていた無数の白い毛並みが、徐々に赤く染まっていった。

ふと、私の屍を貪る音がしなくなった。耳も喰われたかと最初は思ったが、どうやら違うらしい。狐達がじりじりと私から離れていく。

「美味しくないのかな?」

なんて他人事みたいに呟いて、私は首の後ろを掻いた。

ちゃんと手がある。首もあった。声も出るではないか。

痛みも感じず、よくよく見れば動かした腕に傷が無い。目もずっと見えたままだった。

「……どうしてだろ」

私は身体を起こし、辺りを見回した。採掘場の真ん中だ。採掘に使う機材がゴムシートに覆われて隅に置かれていた。

そして、数十数百という数の、狐。

ぞっとする光景だったが、狐達と採掘場の風景が一致しなくて、私は目を擦った。採掘場の写真に、狐の印刷された透明なシートを被せたように見えるのだ。何度目を擦っても、その景色は変わらない。

比較的小さめの白い子狐が数歩前に出た。

見た目とは裏腹に、少し低めの声で次のように言った。

〈私はウカノミタマノカミの使いの者である。無礼を働いたことをお詫びする〉

詫びと言いながら、胸を張り、尊大この上ない態度だったが、一応詫びを入れられたのだから私は会釈で返した。

「えーと、ウカの、ミ……タマのお使いですか。どうも」

〈ウカノミタマノカミの使いだ〉

すんなり頭に入ってくれない名である。ともかく、神のお使いだそうだ。

「……なんで私、襲われたんですかね」

ちょっと大人ぶった子狐は、眉間に小さな皺を刻んだ。

〈最初に襲ったのはそちらだろう〉

「いや、いやいやいや、襲ってなんてないって。心外にも程がある」

〈……？〉

すると狐達は頭を寄せ合って話し合いを始めた。どうやら真面目な性格のようだった。ややあってから、リーダー格の小さな狐が再び胸を張り、言った。

〈大変失礼した〉

「はぁ」

〈して、何用か。ウカノミタマノカミの宿に直接やって来るのだから、よっぽど困ったことがあるのだろう。ウカノミタマノカミは、今はここより遠くにおられるが、私共で力になれることであれば、力になろう。人間の言葉にもある。持ちつ持たれつ、であるから〉

ふん、と小さく鼻から息を吐き、子狐は更に胸を張る。虚勢を張っている子供みたいで、なんともいじらしい。頭をかいぐりかいぐり撫で回したいが、見た目に反して凶暴なのはさっき身をもって知らされた。

「では、早速なんですが、福山大明神っていう神社を知りませんか」

〈いかにもありそうな名だが……知らないな〉

「じゃあ、ダルマの神を知りませんか？」

〈はて、ダルマ〉

「白い小さなダルマの神と、それよりちょっと大きい黄色いダルマのお使いが二体」

〈……〉

子狐が首を傾げると、周りの狐達も真似をするように首を傾げる。自信があった割にたいした情報は持っていなかったようだ。

〈して、その福山大明神のダルマの神が、どうされたのだ〉

そのダルマが世界を変えたのだ、そう言おうとして、私はふと考えた。ダルマばかりを責めるのでは、あまりにも責任転嫁しすぎるのではないだろうか。

第一、この世界は私が望んでいた世界にほぼ近い。アリーナができたし、エンターテインメントに溢れている。仕事もあるようだし、なにより、活き活きとしている。東京の友人に、八部柵は楽しいところだよ、そう自慢できる気がする。

ダルマは、忠実に、私の願いや望みを読み取って、全てを実現させようとしてくれた。否、実現させようとしてくれている。

「実は、昨日のことなんですが……私のせいで八部柵が変わってしまったんです」

狐達が一瞬固まった。そして、はぁ？　と一斉に呆れた顔をした。

「ダルマに、このどうしようもない故郷をどうにかしてくれって、お願いしたんです。そしたら、叶えられて……叶えてもらってしまって、今も刻々と変わり続けている。だから、ダルマを見付け出して止めさせよう……止めてもらおうと思ってるんです。でもダルマの奴、人間の姿をとって自転車に乗って行方を晦ましてしまって、今どこにいるか分からないんですよ。それで捜し回っているんですが、一向に見付からなくって」

しーん、辺りが異様なくらいに静まり返った。狐達は置き物のように動かなくなっている。

「あの……聞いてます？」

〈……〉

「生きてます？」

返事が無い。どうしよう。

やがて、子狐が息を吸い、大きく胸を膨らませ、ふうと息を吐いた。

〈――なるほど。ウカノミタマノカミが察知しておられたのは、そのことだったのか〉

背後に控える狐達も、思い思いに溜め息を吐き始める。

〈先程ウカノミタマノカミがこの土地についての変化をお尋ねになられてな、酷く心配をされていた。どうやら神々の間で、重大な事件が起こったらしい。詳しくは聞いていないが、おそらくあなたの言う変化のことだろう〉

「ええ！　きっとそれです。もしもそのウカタマの神様がこの変化をご存じなら、どうか変化を止めてもらえるように頼めませんか」

なりふり構わず、殆ど土下座で私は狐に懇願した。しかし、狐はしばらく沈黙してから、酷く言いにくそうに言った。

〈……無理だ〉

「そんな。どうして？　神様なら、できるでしょう？　ダルマにだってできたんだし」

〈できることと、していいことは違う〉

正論だった。

〈……実はだな、私共には……正確には神の使い達には、この土地に起こった変化というものは、全く感知できていなかったのだ〉

それが果たしてどんな意味を持つのか定かではないが、嫌な予感がした。

〈神の使いといえど、私共にも力はそれなりにある。良識の範囲内の神の力であれば、抗うことも対抗することも容易だ。神が人に向けて施した力であれば、私共には及ばない。だが、今回こ

の地にかけられた力に、私共は抗えなかった。今のこの土地の有り様が本来のものだと疑いもせずにいたのだ〉

重々しい口調で言われた言葉には、口調以上に重いものが潜んでいる。

「それって、なにかまずいこと、なんですよね？　やっぱり」

〈まずいもなにも！〉

憤慨し、子狐の小さな鼻から荒い息がふんふんと吹き出された。

〈こんなことは起こしてはならないのだ！　全く非常識極まりない！　よいか、神の使いをも巻き込むほどの力を世界に及ぼすというのはだな、それだけ世界に負担をかけているということだ。危険な行為だ。良識のある神ならば決して起こさぬ所業だ〉

ダルマには良識が欠けているらしい。なんとなく、そんな気はしていた。

「そ、それで？」

〈というと？〉

「良識のある神なら決して起こさぬ所業が起こっている最中なんですが、……この先、どうなるんです？」

〈さあ？〉

「さあって」

〈私共はダルマの力の下に居るのだ、その点では人とそう変わらない。今、世界がどうなっているのかさえ分からない。そんな使いに、この先が予測できると思うか？　むしろあなたの方が、

予測を立てられる材料を持っている〉

確かにそうである。だが、それは自分に関することだけで、世界に負担をかけたらどうなるのかまでは分からない。すると、狐はとても小さな声で言った。

〈昔、といってもそれほど昔ではないが……良識の範囲外の力を使った神が居た。子を甘やかす親のように、人の願いを叶えていった。大それたものではない。小さな小さな神風を吹かせてやったのだ。しかし、小さな小さな風も、合わせれば巨大な嵐に変わる。小さな奇跡が巨大に膨らみ、やがて世界の辻褄と合わなくなってしまった。世界は均衡を保とうとする。でなければ、世界は壊れてしまう。その壊れるというのがどんな状況なのかは、知らない。ただ、世界が壊れる直前に、世界は最も単純な、それでいて最も強力な方法で解決をする。それが迫っていると気が付いた神々は、その辻褄をなんとか合わせようと努力をした。しかし、どんなに頑張っても、世界の最後の手段は使われた。一瞬にして二つの都市が消え、多くの人間が消えた。最小限に食い止めても、あれほどの被害になってしまった〉

「待って、それ、なんの話？」

ぞくぞくぞくっと、背筋が凍ってゆく。鳥肌が波のように立っては引くを繰り返した。狐達はなんのことだかは明確には答えず、話を続けた。

〈そういえば、他の土地でも、世界の最終手段の痕跡が多く残っていると聞くな。たいがいは当時の人間の技術では到底造り得ない遺跡や遺物が見付かっているそうだ〉

アリーナＢｅクイーンが脳裏に浮かぶ。

「えっと……危険な事態に陥っているわけですね。どうしたら危険を回避できるんでしょうか？」

〈さっき自ら言っていたではないか。ダルマの神とやらの行いを止めればいいのではないかな〉

あまりの単純さに瞬きをした。ダルマを止めれば、これ以上世界に負担がかかることもなく、私自身も、私の周辺も、変わらずに済むのだ。なるほど、と納得しかけて、なんの解決にもなっていないことに気付く。

「いや、でも、だからね、その、止めたくても、ダルマが見付からないんですよ」

〈呼べばよいのではないか？〉

またしても単純な答えだった。さっきから子狐の言うことはみな単純で正論だ。

「呼ぶって、ダルマーって呼ぶの？」

〈そうだ〉

狐の耳の先の毛がひよひよと動いた。

あんまりにも単純すぎるのではないだろうか。

ダルマは曲がりなりにも神である。名を呼んだだけでひょこひょこ出てきたら、私は幸運の女神や福の神をひっきりなしに呼びつけているだろう。それに、私は何度もダルマを呼んだ。なのに姿どころか気配すら現さないのだ、呼べば出てくるなんて、すぐには信じられない。

「本当に？」

〈ウカノミタマノカミも、呼べばおいでになる。なぁ？〉

背景と化していたその他大勢の狐達がそうだそうだと言った。

「じゃあ、呼び寄せてみてよ」

〈無理だ〉

「言ってることが違うじゃん」

〈神とはそういうものだ。ほら、あれを見るといい〉

視線は崖の上に向かっている。

〈どう思う?〉

「どうって、朽ちた神社だと思うけど……しかもちっちゃい」

〈うむ。だが、……分からぬか?〉

なんのことだか分からないので黙っていた。

〈結界だ。朽ちていてもしっかりとしている。神はその中にいる。ウカノミタマノカミは変わったお方で、わざわざ外に出てあちこちにある社を転々と移動している。ウカノミタマノカミが社から出た時に名を強く呼べば、気が付いてやって来てくださるのだ。だが今はどうやらどこかの社にお入りになっているらしい。呼んでも無駄だ〉

「じゃやっぱりダルマだって……、あ」

そうか、ダルマは社から出ている。ママチャリでうろついている。

「やってみる」

立ち上がり、足を肩幅に開いた。右足の付け根に違和感がある。服も髪もどろどろだ。狐に襲われても無傷だが、崖から落ちた怪我や汚れは別ものらしい。

〈神を呼ぶにはコツがある。その名の意味を十分理解し、言葉と音で表現をするのだ。言葉と音、それが合わさったのが声だ〉

「声の前に言葉があるんだ？」

〈違うのか？〉

逆に聞き返されてしまった。そんなこ難しいこと、考えたことがない。どっちでもいい。

「でもさ、それ難しそう」

〈コツを掴めば簡単だ。試しに一回呼んでみればいい〉

私は腹筋を意識しつつ息をゆっくり吸い、一気に吐き出してみた。

「ダルマァアアア！」

呼び声というよりも怒声に近かったそれは、採掘場に反響し、空に溶けた。辺りが静まり返る。微かに聞こえていた木々が風に揺れる音や、採掘場近くの道路を走る車の音、そして鳥の羽ばたき等が完全に消え去るくらいの静けさだった。

静寂の中、私と狐達はしばらく様子を見ていた。

〈来ないようだな〉

「怖がられたかな」

〈かもしれない。今度はもっと柔らかく呼んでみるといい〉

「ダルマー！」

〈なかなか好感を与える呼び方だ〉

「ありがと」

しかしダルマは現れなかった。

それから何度も呼んでみたが、辺りは異様に静まり返るものの、当のダルマは一向に姿を見せない。

「もしかして、意味とか言葉とか音とか、全然考えてないからですかね」

〈……うーん。そんなことはないと思うが……。ダルマという言葉からは明らかに特定の一個体へ向けた意味が感じ取れるし、音もなかなかいい。あなたの感情がよく表現されている。最初は表現されすぎていて些か怖かったが、あとは随分と良くなった。周囲も反応を見せ、神の出現を待ち構えているのだが……〉

この異様な静けさは神を待つ態度だったようだ。

〈ただ問題は……、そのダルマの神とやらは……本当にダルマという名なのか、ということだ〉

「え」

根本的な問題だった。そういえば、ダルマは自らダルマと名乗っていたわけではない。私がダルマと呼んでいただけだった。

「……ダルマってのは名前じゃないかも」

〈どうりで〉

「なに、分かってたんなら最初から言ってよ」

〈いや、ダルマというのは恐らく菩提達磨。中国の仏教、それも禅宗の第一祖であるから、……まさか、と〉

「ダルマって仏教の神様なの？　こけしの仲間じゃないの？」

〈仏教の神……。天ではなくか？　まあ、人間の世界ではもはやなんでもありのようだから、菩提達磨がどこかで神と奉られ、神になっている可能性も捨て切れないが……〉

呆れ笑いがどこからか聞こえた。

「すみませんね、根本的に分かってなくて。宗教なんて全然興味ないし、いいじゃん、そんなん知らなくたって生きていけるんだし。逆に知っているがゆえに生きにくくなることだって沢山あるでしょ？　違う？」

〈そう気を立てられるな。話をダルマに戻そう。ダルマの神は自ら名乗ったりはしなかったか？〉

「えっと、我こそは福山大明神である、とか言ってたけど」

〈……微妙だな〉

「ご大層な名前ですよね。白いダルマのくせに」

〈というよりだな、名乗ったのが『大明神』であることが、微妙なのだ〉

「なんか、ダメな神様なの？」

〈ダメ、とかではなくな……ううん、どう説明してよいものやら。例えば、この崖の上にある小さな社、あれ、なんと呼ばれているか分かるだろうか〉

「知らない」

〈市川稲荷という。今は誰にも顧みられていないが、少し昔だとこう呼ばれていた。陸奥市川大明神〉

「大明神……」

〈この一帯は陸奥市川という地域だ。そこから取られたのだろう。だが陸奥市川大明神に奉られている神の名は陸奥市川大明神ではなく、ウカノミタマノカミだ。それでも、この社の中に居る時は市川稲荷であるし、陸奥市川大明神でもある。呼べば振り向いてはくれるだろう。だが、一歩外に出ればウカノミタマノカミである。高徳大明神という社に居れば高徳大明神、七徳稲荷に居れば七徳稲荷になる。そこで、陸奥市川大明神と呼ばれても、気が付くかどうかすら分からない〉

つまり、福山大明神というあの空間の中であれば、ダルマは福山大明神でいられたのだ。だが今は社をママチャリの荷台に括りつけてその辺を走り回っているので、福山大明神ではなく、ダルマなのである。かと言って、福山大明神の中に入ったら、私の呼び声は届かないのだ。ダルマの本当の名前も分からない。

「ど、どうしよう」

〈言葉をあえて使わない、という方法もある〉

その方法はすぐにピンときた。この新生八部柵では、極自然に行われている方法だからだ。私も一度試した。

「もしかして、それって音楽？」

〈ああ、そうだとも。特にこの地は古来音楽と相性がよい。美しい音色で呼べば誰もが振り向くだろう〉

古来、という言葉に私は引っかかる。

「音楽デーがその一つ？」

〈そうだ。あの祭りは神の使いにとって最高の楽しみなのだ〉

「その音楽デーは、昨日ダルマがつくったんですけど」

〈ははは、まさか〉

〈まさかまさか〉

「ねつ造だから」

「本当だってば」

〈……そんなまさか……〉

その瞬間、狐達は殆ど存在しない肩をがっくりと落とした。項垂れ、白い尻尾が地面にへたっと落ちる。尋常ではない数の狐が一斉にしたものだから、ある意味壮観だ。場はいたたまれない空気でいっぱいになった。

しかし狐達は思いのほか前向きな性格をしていて、「さて」と子狐が呟くとほぼ同時に、一斉に顔を上げ、胸を張った。

〈致し方のないことだな〉

ちょっと自虐的な呟きは、己と私に向けられていた。

〈音楽であれば、ダルマの名前が分からなくとも、その思いと意味を音に乗せて、響く範囲ほぼ全てに伝えることができる。また、音自体が届かなくとも、素晴らしい演奏であれば、神やその使い、もしくはそれに準ずる存在の耳や心に届くだろう〉

昨夜のサモンジの演奏を思い出し、確かにと納得する部分もある。携帯から流れる音楽につられてやって来た犬もいる。

「でも、一朝一夕ではできないでしょう？」

〈技術にはこだわらず、思いだけを乗せるのも、また音楽だ。万人に届かなくとも、たった一人にさえ届けばいい場合もある。それがはたして曲か、音楽か、と不服に思う者もいるだろうが、どう思うかはその者の自由だ。言葉にだって色々あるだろう？　好きだ、と一言で済ませる告白もあれば、形容詞を繋げまくって主語を忘れるほどに長ったらしい告白もあるだろう？　どちらが心に届くかなんて、その者達によって違うだろう？〉

「そうだけど……」

その時、どこからか音楽が聞こえてきた。これも一種の呼ぶ音楽だ。

携帯の着信音である。着信音未指定者の場合に流れるメロディーを聞き、まさかダルマからかと思った。慌てて携帯を見れば、サモンジからだった。

心の半分はがっかりし、もう半分は嬉しさでいっぱいになった。

『仕事終わった。今から行くから』

いつの間にか、夕方の四時を回っていた。

「やばい！　もうそんな時間？　帰んなきゃ！」

〈男か〉

「……うるさい」

〈照れることはない。人間の色恋は良いものだ〉

分かったようなことを、子狐はませた顔で言う。

「そんなんじゃないから！」

〈そうなのか――。そうだ、行かれる前に一つ〉

改まった様子に私も背筋を伸ばした。

〈ダルマは呼ばないと姿を現さないかもしれない。しかし、世界の理というのは、常に傍にある。なにもせず、待つのも一つの手だ。あなたは変化の中心に居るらしい。したらば、世界の方からやって来る可能性が、ある〉

狐達は息を吸い込むように今一度胸を張り、一斉に頭を垂れると、すっと消えた。

目の奥に鮮やかな夕日が差し込んだ。

第七章

家に帰ったら母親に怒鳴られた。

「アギラぁ！」

私の名は瑛である。アギラではない。

「サモンジ君迎えに来てらのに、どこプラプラしてたの！」

「どこって……採掘場……」

「はぁ？」

まあ確かに、はぁ？　である。

「しかもなに、泥だらけじゃないの！　一体なに考えてるの！」

「なに考えてるって……そんな言い方しなくたっていいじゃん」

好きで泥だらけになったのではないし、結構必死だったのだ。

「あんたもういい大人なのよ？　どこで泥遊びしてきたの！」

「遊ぶって、遊んでねーし！」

「じゃあ喧嘩？　あんたは昔っから喧嘩っぱやくて、もう！　ちょっとは女らしくなったかと思ったら！」

「はぁあああ？」

これでも喧嘩なんてしたことは殆どない。片手で数えられるだけ、それも小学校の時の節分と、中学時代という暗黒期にクラスのボスとその取り巻き共との数回だけだ。喧嘩ではなく自己防衛である。それともポッポポッポポとバカにされ、いじめの標的にされ、やすやすと被害者面してればよかったとでも言うのか、この母は。

リビングからサモンジが怯えながら顔を出した。

「おばさーん、オレが早く来すぎちゃっただけなんで……」

「いいのよ、サモンジ君、今すぐ支度させるから、ちょっと待ってて」

よそ行き声で母は答え、私を睨んだ。

「泥を落として化粧して、さっさと準備しなさい。全く手間かけさせて！」

「うっさいなあ！　言われなくてもするっつーの！　少しは黙れじゃ！」

怒りを足に込めてドシンドシンと床を揺らし、私はトイレに入った。

母は随分張り切っていた。多分サモンジが来たからだ。

私が化粧をしようがしまいがいつもは無頓着のくせに、今日は洗面所にまでやって来て文句を付ける。

「まだお風呂入ってないの？　ったく、化粧水は？」

「そんくらい持ってるし、そんな早くシャワー浴びれないし、ウザイあっちさ行ってよ」

「だってあんた、全然サモンジ君の前で女らしくしないんだもの」

かあっと再び顔が熱くなった。怒りは足に。少しでも怒りを放出しようと、私は壁に思いっきり蹴りを入れた。右足で蹴ったら、足の付け根に痺れが走った。

「ほんと、誰に似たんだか」

母はそそくさと洗面所から出ていった。

シャワー中、手の平と膝小僧がひりひりと痛んだ。上皮が少し擦り剥けている。

しかし、それよりも気になるのは、右足の関節だ。崖から落ちた時に踏んばった右足の付け根に、づくんづくんと違和感が残っている。さっきの蹴りも影響しているのかもしれない。歩くのに支障はないが、腰を屈めたり、振り返ったりする際に体重移動をすると、カクン、と外れそうになるのだ。

見たところ、股関節とその周辺には腫れも痣も傷もないので、筋肉痛か筋が少し伸びただけだろうとは思うが、よく動かすところだけに、一度気が付くと気になってしょうがない。

関節にシャワーを当ててマッサージしていたら、随分と時間が経っていたようだ。慌てて上がり、ろくに身体も拭かずに服を着た。

部屋から調達したのはシンプルなワンピースで、大人っぽいシルエットになる。どうやら私の持ち服の殆どはミニのワンピースのようだ。着心地は良いものの、鏡に映る姿は、自分であって自分じゃないような気がしてならない。そういう意味では着心地は最悪だ。

髪を乾かし、メイク道具の入ったポーチに手を伸ばして、私はギクリとした。服も新生八部柵仕様、ピアス穴も減っている。

　このまま、メイクまでも新生八部柵仕様にしたら、私自身はどうなるだろう。化粧下地のボトルを持つ手が震えた。

　でも、すっぴんでサモンジの前に立つのは、無理だ。それは駄目だ。

「どうしよう」

　鏡の向こうの私に向かって尋ねる。疲れのせいか、目の下にうっすらと隈ができていた。

　メイクをすることに決めた。

　メイクもヘアセットもばっちり直して、コートに袖を通し、マフラーを巻くと、リビングでコーヒーを飲んでいるサモンジの肩を叩いた。

「お待たせ」

「ん、別に。それよりも怪我してなかった？　大丈夫？」

「心配してくれてるんだ。ありがと」

「そらあんなに泥だらけだったらな。本当に喧嘩したの？」

「まさか。……小学校の下の方に崖があったの覚えてる？」

「採掘場の上の方か？」

「そ。そこから転げ落ちたの」

　飛び下りたとは言わなかった。

　あっはっは、サモンジは綺麗な顔を崩し、盛大なバカ笑いをした。どんなイメージを抱かれているのだろうか。

「酷い……」

「あ、一応これ、お土産」

渡されたのは『銘菓はっぷききゃべつ』だ。シュークリームである。人の顔ほどもある大きさだが甘さ控え目なので、甘党の自覚が少しでもある者ならば苦もなくぺろりと一つ食べ切ってしまう代物だ。

「やったー、ありがと。これ好きなんだよねー。今食べてく?」

「いや、それは瑛のために買ったから。ってか、皆さん用に買ってきたクリームどらやき、何個かいただいちゃったし」

テーブルの上にはコーヒーとどらやきが載っていた。

「んじゃ、遠慮なく。ありがと」

「仕事終わりに直で寄ったから、飲みに行くには早いだろうなって思ってらったんだけど、もう行く?」

「ん、行く」

私ははっぷききゃべつに名前を書いて棚にしまった。母にもこれが私の物だと念を押し、万が一弟が食べそうになったら阻止してくれと頼んだ。

「じゃあ、おばさん、瑛借りていきますね」

「いいええ、こんなんで良ければ持っていっちゃって」

私がした小さな舌打ちはサモンジにしっかり聞かれていたようで、軽く笑われた。

車に乗ってから、サモンジに借りたマフラーを忘れてきたのを思い出した。戻ろうと思った時、サモンジが言った。

「変わってないみたいで、安心した」

「……え。ど、どこが？」

「ん？　おばさんと瑛が、相変わらず元気にやり合ってるなー、って思って。ほら、小学校の時もさっきみたくやり合ってたじゃん」

「あ、あー、なるほど。ってか、見苦しいところ見せてゴメンね。お母さん、なんか張り切っててさ」

ははは、とサモンジは軽く笑いを挟んだ。私も軽く笑いを返した。

車内は奇妙な空気となり、私もサモンジも次の言葉を継げなかった。はは。ははは。はははは。間が持たずに、わざとらしい笑い声が漏れっぱなしだ。

さり気なくかかったエンジン音でやっとお互い笑いを止めることができた。マフラーは結局取りに戻れなかった。

道路に出ると、母の呪縛から解き放たれる。肩から力が抜けて、私は自然とサモンジに笑顔を向けることができた。

「そういや、弟に聞いたんだけど、サモンジって青森で凄い人気なんだって？」

「えー、そんなん言ってらった？　いっしゃ、恥ずかしいじゃ」

「凄いじゃん。いずれ東京進出しちゃう？」

「まさか、東京よりこっちでプロになった方がやりがいあるし」

八部柵って、そんなに凄いところなのだろうか。日本国内での八部柵の立ち位置が気になったが、もしも私の想像を軽く超える位置にいたら、それこそ私はどうしていいのか分からなくなってしまう。保留。そう自分に言って、窓の外を見た。

サモンジは照れくさそうにして話し続ける。

「それに青森っていうより、ほぼ八部柵でしか仕事してねーし。二週間に一回くらいの割合で青森テレビのリポートコーナーが回ってくるんだけど、そこでちょこっとレポーターみたいなことしてるだけ。どうせ有名さなるんだったら、東京なんかよりも、まず津軽を席巻してやるってのの」

青森県の西側と東側には、目に見えない壁がある。青森出身者と仲良くなろうとして、リンゴとねぶたを話題に出して、何故か張り付いた笑いを浮かべられたら、その相手は東側南部出身だと考えていい。

「津軽の方でもファンがいるって聞いたけど」

「あはは、あー……うん。でも本当は、別に人気商売してるつもりないんだよね」

「つもりはなくても、実際騒がれてはいるんでしょ」

「反応があるのはありがたいけど……なんだか変な感じ」

否定しないということは、自他共に認めている事実らしい。

「でもオレは、テレビよりラジオの方が主体だし。それに本当はラジオのパーソナリティーとか、テレビのレポーターとか、表立って活躍するつもりはこれっぽっちもなかったんだよ。今の状況が予定外なんだわ。瑛なら分かるべ？　オレの昔の姿知ってでらがら」

「昔って、……もしかして体形のこと、とか？」

　歩く黒豚。べったりアメた天パ。キモイ演劇部員。ベタな陰口を私は思い出した。

「そー。だから、作家の方で関わりたいと思ってだのさ。表に出る必要もないし。でもセンスがなくてさ、演劇部でも脚本とかしたかったけど、国語力乏しかったから、ずっと人の書いた原稿でナレーションとかばっかしやらされてた。演技もさせられたな。あんまし人前には出たくなかったんだけどさ、まあ端役ばっかりだったから不幸中の幸いってやつか。それにうちの高校の演劇部って有名だったから、役を掴むのもナレーション掴むのもけっこう大変だったんだよね。嫌がるのは贅沢な悩みだと思うことにしたら、舞台に立つのやマイクで喋んのも慣れたっていうか、楽しかった」

　私はバスケ部一筋だったので文化部に疎く、演劇部の強い学校なんてものが八部柵にあったことに驚いた。それとも新生八部柵だから、だろうか。

「中高通して演劇部にいて、脚本の指導とかも受けたんだけどえ、やっぱセンスのある奴の書いたのは、同じテーマでも全然違うんだよね。オレには作家とか向いてないいんだなーと諦めかけたんだけど、やーっぱラジオの仕事だけは諦めきれなくてさ。だったらナレーションやってらったし、声出すのならどうにかなるかなーと思って、ＢｅＦＭのオーディションを受けてみたのさ。

したら受かったんだよ。そん時え、歌の審査もあったんだけど、オレって自分でも笑っちゃうくらい歌音痴でさ、それが逆に受けたらしくって。初めて持たせてもらったコーナーがヒデェの。歌音痴のバンド講座って、おいおい。ストレートすぎだっての。傷付いたよ、ほんと」

「そんな番組あったっけ」

「今もあるがら！　わぁメインパーソナリティーだがら！　ま、番組じゃなくて、長時間番組の中のコーナーの一つだけどな。まだ冠番組一つも持ってなくって。世の中キビシイ」

　私には十分な成功者に見える。

「中学に上がって、初めて自分の楽器を持てた辺りのリスナーが多いかな。ギターのコツとか質問されたら教えるけど、基本はリスナーと一緒に成長しましょう、ってな趣旨。リスナーはどんどん育って卒業していくけど、わぁは依然留年中。よかったら聴いてちょおだい」

「それって昨日のラジオ？」

「いや、あれとは別。んとね、土曜の深夜なんだけど、正確には日曜になるのかな」

「二十五時過ぎとか？」

「うん。夜中の一時半から」

「あ、なら聴ける。一時まではずっと聴いてるラジオあるから、時間帯かぶってたら聴けなかったけど」

「へー……そうなんだ。……一時半からで良かった。その枠だと八年前は大変だったんだけどね」

「……え。八年前って？」

「今年で八年。ん？　九年目突入って言えばいいのかな」

今、私は二十四。今年で二十五だ。そこから八を引けば、十七になる。

「……私とあんた同い年だよね？」

「当たり前じゃん。小学校ん時一緒に修学旅行行ったじゃん！」

「いや、一緒だったけど一緒じゃねーし」

「学校行く時も一緒だったじゃん」

「同じ時間帯に家を出て、同じ小学校向かってただけじゃん」

「オレは一緒のつもりでらったよ？」

「勘違いだよ」

「ほっほっほー、きっつー……今の効いたわー」

「ってことはなに、高校在学中にもうラジオやってたの？」

「そ。在学中はパーソナリティーっていうより、変な高校生が名立たる凄腕はっぷきバンドマンに音楽勝負挑んでるようなコーナーだったね。生放送できなかったから録音でさ、部活終わりに死ぬ気で走ったよ」

十七歳の高校二年なら、当然私はまだ八部柵にいたし、ＢｅＦＭはしょっちゅう聞いていたはずだ。同年代の高校生がラジオに出演していたら噂になってもおかしくないのに、私の記憶には全く残っていない。まあ、アノ人以外の情報には殆ど興味がなかったというせいもあるかもしれないが、それでも耳にくらいするだろう。

嫌な予感が押し寄せる。

もしかして私が知っている隣のデブとは全くの別人、なのだろうか。ゆかりと翔の例もある。

冷や汗と脂汗が混じり、頬を一筋伝った。それをサモンジに気付かれた。

「具合悪いんでないの？　顔、白いよ。怪我、痛い？」

車の外の夕闇は夜闇に変わり始めている。

「体調悪いなら帰ろうか」

「具合は……平気。——それよりさ、今は思いっ切り飲みたい感じ」

なにも考えずに、ただ楽しくなりたい。

「……。おー、いいねー。だったら、夕飯食べてから飲みにいく？　それとも飲み屋で飯食う？

もしくは酒の似合う時間までどっかぶらつく？」

「酒の似合う時間ってなにさ」

「オレ的には八時過ぎが酒の時間って感じ？」

「八時から何時まで？　終電まで？　そういやここって終電何時なんだろ」

「八部柵には終電はないって。タクシー代行が動いている時間は全て酒の似合う時間ってことで」

バスの本数や路線が増えても、地方都市は車社会ということに変わりはないらしい。

「サモンジの言う酒の似合う時間コースで」

「オッケー。明日はほぼ完全オフだがら飲むんでオレ」

「おおー、飲むべー！」

　車は八部柵産業道路方面へ向かい、フェリー埠頭へと出た。そこから通称夢の大橋を走る。湊町方面へ向かって走ると、左手に太平洋、右手に八部柵の街、昼であれば目の前には臥牛山《がぎゅうざん》を望むことができる。夜の八部柵港には僅かだが漁り火が輝いていた。

「サモンジの家ってこっちの方だよね」

「ん？　そう。新湊だから、夢の大橋を降りたらすぐだよ。瑛のじいちゃんばあちゃんの家もこっちだっけ？」

「あー、湊町っていうか柳町の方」

　湊町の内陸隣に柳町という区域がある。小学校区域が違うので、目には見えない入り組んだ境界線があるらしい。

「じゃあ、もしもオレ等がこっちに住んでらったら、小学校は別々で、中学校に上がったら小競り合いをしてたわけか」

　感慨深く呟いて、サモンジは柳町の方へ車を向けた。セメント工場の巨大な塔にイルミネーションが光っているのを見ると、大人になった今でも嬉しくなる。

「まあそうへっても、オレ等家が隣同士だったのに殆ど交流なかったしな」

「ねー。親は結構交流してたのに、どうして私ら殆ど口も利かなかったんだろね。男と女だったから？　あ、でも私、男友達もいたなぁ」

男友達という言葉で、清川翔を思い浮かべていた。けれど、浮かんだイメージに顔がなかった。

「あー、……まあ、ほれ、オレがネクラだったたし。こっちが避けてだっていうか、勝手に仲良い気でいたっつかえ、……照れだな」

「照れ」

思わず鼻で笑っていた。

「私に照れてどうすんの」

「あはははは、まあね」

「まあねって、肯定しやがったしこの男は」

「ごめんごめん。うんとね……幼馴染みっていうのがさ、恥ずかしくてさ。男女の幼馴染み、なんか……甘酸っぱくないか？　うわー、うわーってなってだのよ。言葉では表現できない気恥ずかしさがあってえ、心も身体も大人になったらさ、友達になろうって決めてた。そんで部屋で一人ベンチャーズ弾いてた」

「あははは、わけ分かんない」

「だべ。で、中学で引っ越しした時に頓挫したその計画が、昨日唐突に復活したわけよ。だすけ、あ、これは飲みさ誘わねばなんねえ、と」

「へえ……なんか悪い気はしないね」

「あはははは、話してらうちについたじゃ。ここ、いい？」

そこは私の知らぬ『街』だった。

「どこ、ここ」

「オレの行ってた中学校と高校の近くでさ、東雲ってとこ」

「……いや、私もこの辺には何度か来たことあるけど、シノノメってなにさ。東雲高校のこと？」

そこは旭ヶ丘と呼ばれる地域。学校と住宅地と大型スーパーがあり、湊町や柳町が漁師町なら、この辺りは他からやって来た人達が居を構える、言わばサラリーマン世代の住宅街の走りである。

だが今現在の東雲と呼ばれるこの通りには、小さくて可愛らしい女の子好きのしそうな店が並び、アクセントのように大人っぽいメンズショップが間に入っていた。私の知っている旭ヶ丘との共通点は道路の幅くらいだ。

「東雲は東雲だがら。松ヶ丘の方だと石堂の方がメインだがら、あんましこっち来ねえんじゃないかと思ってえ。結構美味しいパスタ屋があんだよ。それでいい？」

「うん、いいけど……イシドウって？」

「石堂。あれ、瑛って街派？」

なに言っているのか私にはさっぱり分からなかった。

「う、うん。街派、かな……」

「あ、そっか。松ヶ丘だと、高校に行くのにどうやっても六日町か三日町でバス乗り換えるもんな。したら石堂よか街の方が親しみあるしな」

「う、ん、そうそう。そうなんだよ」

適当に合わせて汗を拭った。

「オレは中学高校とこの辺だっだから、完全東雲だよ」

そう言うと、サモンジはちょっと得意気に東雲とやらを案内してくれた。

夜にキラキラと輝くオレンジ色の眩しい明かり達。光の奥にはカワイイ洋服や小物やカフェ。それから楽器。私はウィンドウ越しに目に入った意外な存在に釘付けになった。

「……楽器があるよ」

「そらあるべさ」

「でも……あそこ下着屋だよ。ガーターベルトの隣にサックス並んでるよ」

「ボクパンの隣にはコルネットなー」

「……」

「トランペットとかなら帽子屋にだって売ってらって。ここは東雲だしさ。街なら弦楽器の宝庫だろ」

マジで？　驚きを呑み込むには苦労した。

「……なにそんなに驚いてんの？」

「だってさ。楽器を楽器屋じゃないとこで売るって……いや、そりゃ中古ショップとかにギターがあるっちゃあるけどさ……でも」

下着屋でサックスは売らないだろう。サモンジが首を傾げている。

「専門店で買えるやつは、プロか、もしくは金持ちだっつの。それ以外はこんな風に、専門店以外で掘り出しもんを安く買って、練習すんだよ」

「あ……へぇ。そうなんだ……」

「東京でおかしな毒にやられてきたんでねぇの？　お前だって楽器の一つ二つ持ってらべ」

「……」

私が持っているのはリコーダーとメロディオンだけだ。れっきとした楽器だが、私の中では『教材』に分類されている。それも実家の押し入れの奥に追いやられている。

「まさか、持ってねーの？」

部屋に現れたエレキギターが脳裏を掠めたが、あれを自分のものだと認める気はさらさらない。

「う、ん」

「マジかよ！」

その驚きようは、それこそ珍獣でも見たかのようだった。自分がいたたまれず、私は意味もなくサモンジに謝った。

「ごめん」

「いや、こっちこそ。ビックリしてさ……へー、珍しいな」

私は苦笑いで誤魔化した。

サモンジが案内してくれたのは、通常であればうきうきするような可愛らしいコースである。男だったらウンザリするんじゃないかという妙に甘めなお店を次々と梯子し、私は東雲スタイルとかいうファッションの要であるコサージュを数点買ってもらった。

甘ロリの子が好みそうなカワイさがあるが、モチーフカラーが群青色や青緑で、全体的にシックでもある。ステージのど真ん中、スポットライトを独り占めしてサックスを吹き鳴らしたい時に、カワイイだけじゃなく、カッコヨクも見えるように、という思いが基盤にあるのだとか。

ジャズ関連を扱うところが多い。次いでクラシックだ。

どこの店にも必ず趣向を凝らしたリードケースが安価で売っていた。リードを使わない楽器の人間も、ガムを入れたり小物を入れたりするのに購入するというので、私も濃紺に金色の小さな飾りがついたケースを買い求め、サモンジからキシリトールガムを数粒貰って早速中に入れた。手の平にすっぽりと収まるケースは、元来なんの楽器のリードをしまうものなのか分からない。私なんかに買われてさぞかし無念であろう。

色合いはシックだが、全体的には可愛らしく、守ってあげたくなるようなファッションが東雲の特徴なのだと分かると、たとえ生まれた頃からこの世界で生きてきても、東雲派にはならなかっただろうと思った。私は、守りたい、と男に思わせるような女ではないらしいのだ。

「サモンジは東雲系女子が好みなの？」

「うー、どうだべ。単にここに近いから東雲使ってただけだし、ほら、オレは下手の横好きギタリストだからさ、本来なら街派になるんだけどえ、でも、今まで付き合ったのは東雲でも石堂でも街でもないな」

他にはどんなところがあるのだろう。だがそれを聞くとまた変に思われる。

「そうなんだ」

とだけ言って、私はその話題を閉じた。

サモンジお勧めのパスタ屋というのは、高級感のある店だが値段はリーズナブルで、カップルが多かった。

「彼女とよく来るの？」

「あー……よく使ってはいた」

「今は？」

「彼女がいないから、あんまし来ない」

そうか、いないのか。


川沿いを走って再び湊町に戻ると、橋のたもとにある昔ながらの居酒屋ののれんを潜った。

カウンターと壁の間が、人間一人分のスペースしかない焼き鳥コーナーに座り、特製タレの正肉焼きと地酒陸奥男山を味わう。

お通し用の小さなツブ貝の煮付けがタッパーに山盛りにされていて、それを手づかみで小鉢に移し、ヘタのような部分と肉の間につまようじを刺して、くるん、と回して身を取り出した。腸が上手く取れない。きっとアルコールのせいだ。そう思うとツブ貝の殻さえも、面白くて仕方がなくなってしまう。私も酒が入ると楽しくなる方だが、サモンジも相当アルコールで愉快になるタイプらしく、ガラスの猪口をくいくい干して、どんどん湊弁にキレが増した。

するとと中年のおっちゃんが日本酒の甘い息を振りまきながら、漁師のガラ声で私を口説いてきた。だが湊弁がきつすぎてなにを言っているのかさっぱり分からず、私とおっちゃんはげらげら笑って酒を酌み交わした。おっちゃんがボトルでキープしている日本酒は陸奥男山の銀選というらしく、同じ男山でも私の飲んでいるものとは味が違った。キンと冷えていて、一瞬目が覚めるけれど、少しすると更に気持ちが良くなってしまう。

サモンジがなにか喚いていたけれど、やっぱり湊弁が凄まじくて、私の標準語化された言語野では分析できなかった。

そこには一時間ほどいただろうか、混んできたので店を出て、駐車場に車を置いたままタクシーで街に移動した。


サモンジのお勧めショットバーは裏町に入ったところにあった。大きなガラスの壁の向こうにずらりと並んだ酒のボトル。明かりは青い。

扉を押すと、ジャズの生演奏が流れ出た。少しだけ酔いが醒めた。

「すんません、次、オレ等いいですか？」

とアコギを抱えた客がマスターに声をかけ、承諾は得られなかったがジャズが終わった後にギターをしっとり演奏し始めた。

ジャズもアコースティックギターも、その次に演奏が始まったピアノ演奏も、私のようなド素人でさえ分かるかなりの腕前だった。

「ほんとにここの人達って、音楽ばっかりなんだね」

「音楽バカ？　うん、そう、音楽バカだね」

上質の音楽に耳を傾けながら、私はライムの効いたコロナを空けていった。サモンジはチャイナブルーをパカパカ干していく。無言だった。店全体で喋っている者が殆ど居ない。誰もが音楽とお酒に酔っている。

突如として、エレキギターの酔い醒ましのような音が響いて、皆が現実世界に戻ってきた。弾いていたのはさっきまでカウンターでカクテルを作っていたマスターだ。

全員の注目が自分に集まっていると分かったマスターは、満足げに店をぐるっと眺めてから存分にエレキを披露した。歌の無いギターだけの曲七分間。その間に店に入ってきた客も、ドアのところに立ったまま音に耳を傾けている。

演奏終了と同時に割れんばかりの拍手喝采が送られたが、さっきまで飛び跳ねたくなるような旋律を弾き鳴らしていた張本人は、とっくに冷静沈着なバーテンダーに戻っていた。

私はすでに、自分の呂律が回っていないことにすら面白さを感じてしまうほど酔っていた。げらげらと笑い出さないのは、ひとえに店の雰囲気のおかげだろう。

管楽器のしっとりした演奏が店内をロマンチックに染めている。

サモンジも私と似たような状態で、目が虚ろだった。

けれど、どちらも帰ろうとは言わない。なにかを待っているのだ、私はそう感じていた。

昼に小さな狐も言っていた気がする。なにもしないで待っていたら、あっちからやって来る場合もあると。


やがてなにかはやって来た。

「瑛」

と正気を保った声がかかる。振り返ると、一人の青年が立っていた。カッコイイ。でも誰だか分からない。

「……えっと？」

「今朝、家に来てくれたんだって？」

「家？」

するとサモンジがゆるゆると身体をこちらに向け、アルコールで麻痺している舌でへらへら喋った。

「カワショウでねえの。どしたのさ。イイコチャンがこったら夜中に」

「サモンジ、随分できあがってらね。それで女の子をしっかり守れんの？」

「んがさ関係ねぇべや」

青年とサモンジは数秒睨み合っていたが、すぐに視線を外し、青年は私を見た。

「……なあ、瑛。ちょっと外で話さない？」

「え？」

「……まだ分からない？　それとも、覚えていない、とか？」

なにを言っているのか、分からなかった。

すると青年は困ったように頭を掻いて、そっと私の耳に口を寄せた。

「『ゆかり』って言えば、分かる？」

「――あ――」

清川、翔。

私は転げるように椅子から下り、サモンジにしがみついた。私を庇うようにサモンジが前に出る。しかし翔は意地でも私と視線を合わせようと顔を寄せてくる。怖かった。

「俺のこと、分かんなかった？」

「あ、その……その」

「知らないの？　俺、瑛の親友なんだけど」

「その……」

涙が込み上げてくる。

サモンジがぎゅっと私の肩を抱いた。

「カワショウ。やめろじゃ」

清川翔は若干サモンジを見下すような目付きを見せてから、喧嘩腰に言った。

「随分と酔っぱらってらみたいだけど、それで勝てるとでも思ってら？」

「お前となんか勝負でもしろってのが？」

「お前が勝負すんのは、正確には俺ではねぇけどな」

「はぁ？」

「続きは外で話そう」

「……いやだって言ったら？」

「お前、消えちゃうかもよ？」

「オレが酔ってらせいかな。んがのへってらことがさっぱり分かんねんだけど」

「ふーん、分かんないんだ。お前は、そうなんだ。ふーん。いいから来いよ」

清川翔の目に怒りが浮かんだ。

サモンジは一瞬驚いたように目を見開いたが、すぐに目尻を吊り上げる。

翔が私に言った。

「瑛、外で話そう」

「瑛、こんな奴となんも話さなくていいぞ」

二人は睨み合いながら店の外に出た。

追いかけようとしてお金を払っていないことを思い出し、財布を取り出す。

マスターはそれを手で制した。

「いいよ、あの二人につけておくから。あんたははやく追いかけな。狐が騒いでいる」

「……狐？」

「神棚のね」

店の天井に小さな神棚があり、白い狐の置き物が倒れていた。

「見えるんですか？」

「いいや、残念ながら」

私はマスターに頭を下げて二人を追いかけた。

第八章

日付けはとっくに変わっているのに街は賑やかだった。

サモンジと清川翔は横並びに、しかしだいぶ距離を空けて街の表町方面へと歩いていく。

「二人とも待ってよ！」

私の声に耳も貸さない。

街のメインストリートに出ると、この賑やかさの正体が分かった。オヤジバンドが勢揃いで、まるで威嚇し合うかのように演奏をしているのだ。

「マジか。オヤジさん達、……いい大人なんだからルールは守ろうぜ」

元気なオヤジバンドにサモンジが呆れていた。酔いが醒めきった声だった。

「こんな夜中にでっかい音出して、またこの辺りの住人から苦情が市に行くんだすけ」

「市民の代表気取りな言い種だな」

サモンジと清川翔が街に現れると、オヤジバンドの演奏が徐々に止んでいった。音楽に誘われて出てきたのだろう、狐や犬や海猫が多く居る。だが音楽そっちのけでこちらを向いて、警戒しているのか、毛を逆立たせていた。

やがて静寂に包まれる。だがそれは、決して混ざり合うことのない風が競り合っているように感じ、気持ちが悪い。

道の真ん中で翔が立ち止まると、サモンジも立ち止まり、二人は向かい合った。

「瑛、すぐ済むから」

清川翔が微笑んだ。それをサモンジが睨み付ける。

「ほんと意味が分かんねぇ」

「お前は、自分の存在が矛盾していることに本当に気付いてないわけ？」

「カワショウ、変な宗教にでも嵌まったのが？」

「その呼び方止めろよ」

不愉快そうに顔を顰めたが、すぐに元に戻る。そしてゆっくりと言った。

「お前がいては困るんだ」

「誰が」

「世界が」

ぞっとする言葉だった。

普通の人間が聞いたら確かに怪し気な宗教に嵌まったとしか思えないが、今の私にとってその言葉はリアルだった。清川翔はなにかを知っている。

「そしてなにより、俺が困るんだ」

「オレのことを殺したいとか？」

「殺す？　違う。なかったことにする。お前だって本当は分かってるはずだ。なにか心当たりがあるだろう？　違うか」

「……ないね。わぁはまともだし」

「まともじゃない。俺もお前も、まともじゃないんだよ」

「お前は確かにまともそうじゃないけどな」

「本気で考えろ！」

声がビリビリと響く。

「はぐらかすな！　認めろ！　お前は後からつくられた！　俺も、お前も！」

サモンジの表情が歪んだ。

「やめろ……」

「ほらな、心当たりがあるんだろ」

「あれは違う……」

耳を押さえ、ふらつきながら後ろに下がる。いつの間にか辺りには人だかりができていた。しかし誰も動かない、喋らない。

私もそうだった。彫刻のように突っ立って、彼等のやり取りを見ていた。

私が立ち入ってはいけない気がしたのだ。

「……だって、オレはここに居るじゃん」

「俺だって居る。でも、本当は居なかったんだ」

「うるせぇよ！　うるせえ、うるせえうるせえ、ああ、ほんとお前邪魔！」

サモンジが叫んだ途端、烈風が吹いた。風は清川翔を突き刺すように襲いかかり、辺りにいる人々をも巻き込んで、悲鳴が上がる。

風を真正面から受けた清川翔は、それをものともせず怒気を放つ。

「邪魔なのは、お前なんだよ！」

その怒気は、七色の光と化した。

「あ」

あれは、変化の光。不吉な光。それがサモンジに向かっている。

「ダメ！」

私はとっさにサモンジの前に立ちふさがっていた。

七色の光は、私の額に突き刺さった。ど、という衝撃が頭を襲う。

「あっ」

世界が、青く染まった。

目が覚めるように鮮やかで、美しい青だった。

青い中に唯一の存在として私が浮かんでいる。

目の前に真っ白な光の球が浮かんだ。ぼんやりとしていた私は、それを眩しいとも思わず、またそこから右の掌が現れても驚きもしなかった。手は、私の顔に向かってきて、私の顔を掴み、そして頭をするりと抜けて、去った。

目の前が開けた。

「うわっ」

耳の後ろでサモンジの声がしたかと思うと、私はバランスを崩して後ろ向きに転んだ。

「きゃっ。……痛たた……」

サモンジを下敷きに、私はコンクリートの上に背中から転げていた。

ここは、どこだ。

「瑛、大丈夫か」

私を抱えるようにしてサモンジが起き上がる。

「……大丈夫」

急いでサモンジの上からどくと、立ち尽くしている清川翔と目が合った。その身体から陽炎のような怒りが滲んでいる。

「……どうしてそっちを選ぶんだ？」

「は？」

ここは八部柵の街のど真ん中だ。辺りを見回すと、人々がゼリーの中に閉じ込められたように歪み、その動きを止めていた。夜闇はあるが、ネオンもゼリーの向こう側。道路に尻をついたままのサモンジが、清川翔を青ざめて見上げている。清川翔は私を睨んでいた。

「どうして俺を選ばないんだ？　ずっと一緒だったじゃないか。ずっと友達だったじゃないか。親友だろ。傍にいたのは俺だろ。なあ、そうだろ？」

親友だと言い張る男の身体は、虹色の光に包まれている。こいつは、人だろうか。少なくとも、ゆかりではない。じりじりと後退しながら、私は清川翔を睨み返す。

「違う。——あんたじゃない」

「瑛」

「あんたは友達じゃない。私が知っているのは、清川翔じゃない！」

「瑛っ」

「あんたなんて知らない！」

清川翔の動きが止まった。そして、気が狂ったような笑い声が響く。清川翔が笑っている。

「カワショウ……」

「サモンジ、お前は幸せだよ。俺と違って、お前は幸せなんだ」

笑いの消え去った清川翔は、温もりのある氷のようだった。

「でも、俺だって幸せになるチャンスがある。お前を消せば、俺は幸せになれる」

「お前の幸せとオレの生死は関係ないだろ……」

翔は細い息をゆっくりと吐き出した。激昂を抑えるような仕種だった。

そして落ち着き払った声を装い、憎しみたっぷりに言った。

「ありまくりだね。お前と俺は同じだ。後からつくられた存在だ。それなのに、お前は俺よりもずっと優遇された存在だ」

サモンジは飛び起きて、清川翔に指を突き付けた。

「は、優遇だって？　なにへってらのえ！　んがの方が優遇されてらべや！」

「俺の方がだって？」

「音楽的才能も、人望も、全部お前の方が上だ。オレはラジオの中でギター弾いてるだけなのに、お前はバンドもやってらし、ソロコンサートもやってらし、聴衆からの信頼も得ている。仕事だって持ってら。オレはそりゃ名前は知られてらけど、音楽を発表する場はまだないし、歌も歌えない！　バイトみたいな生活の繰り返し！　どう見たってお前の方が優遇されてらっきゃ」

「そんなことが幸せだと思ってらのか」

「思ってる！」

「事態はそんな表面的なことじゃないんだ」

「ひょうめ……なんだとこの野郎！　わぁがどんだけ悩んでると、」

サモンジの言葉を清川翔は冷静に制した。

「この世界で自分の居場所を持っていると信じて疑わないそのことこそが、幸せだと言ってんだよ」

「じゃあなにか、お前は……居場所がないとでも？」

翔はちらりと私を見る。

「ああ。俺には居場所がない」

「は、嘘つけ」

「本当だ」

月明かりが清川翔を照らす。

「サモンジ、いや加賀太一。お前は恵まれている。お前にはまず居場所が与えられた。その代わりに奪われたのはなんだと思う？」

「……さあな」

「あたしの、居場所」

あたし。そう静かに言ったのは清川翔だ。

「あたしを消したのはあんた。あたしは翔じゃない！　ゆかり！」

私は弾かれたように顔を上げた。目の前に七色の光を宿した風が迫っていた。

風を相殺したのは白い光の鞭だ。サモンジを包んでいる光の一部が伸び、風を打ち付けている。だが七色の光だけは消すことはできず、光は散り、清川翔のもとに戻って、再び風に巻き付いてサモンジへ向かう。

「翔はあんたでしょ？　加賀翔！　あんたは去年死んだじゃないの！　三人も人を殺して、挙げ句首吊って死んだでしょ！　罪を犯して死んだんじゃないの！　なのにどうしてあんたが生き返って前とは比べものにならないくらい幸運な人生送ってるわけ？　どうしてあたしは自分を見失って、翔になっていなきゃならないの！」

「お前はあれか、男だけど女ってやつか？」

「違う！　あたしは清川ゆかり、あんたのせいで存在をねじ曲げられた人間だよ！　この殺人者！」

「わぁは殺人なんてしてねぇよ！　それは夢だ、ちっさい頃からたまに見る悪夢だ！」

風と鞭が激しくぶつかり合い続け、様々な色の粒が辺りに散らばった。

「夢なんかじゃない！　あんたは実際に人を三人も殺した！　見ず知らずの女性を犯して殺した！　両親を八つ裂きにして、自分とこの船から海に捨てた！」

「違う、違う違う、違う！」

「そんな悪夢をずっと見てるんでしょ！　すっごいリアルで、強姦した時の高揚感も、人を刺した感触も、生々しく身体に染み込んでいるんじゃないの？」

「煩い、煩い、煩い！　煩い！　黙れ！　そのオカマ言葉やめろよ変態！」

七色の光が、私のすぐ目の前で破裂した。

強烈な振動が私を襲った。破裂した光の粒が、私の中に入ってくる。

「――やっ」

鎧を着て水に沈んだかのように、身体が重くなった。昼間に採掘場で痛めた右足が軋んだ。関節が外れて、足がもげてしまいそうだ。苦しい。頭が痛い。あの変化の光が入り込んでしまった。嫌だ、嫌だ、怖い。痛い、足が、右足が、熱い。

関節から赤い色が漏れ出している。赤い靄がじわじわと広がっていった。血だ。

助けて、誰か！

痛みに目を瞑ると笛の音が聞こえた。

「……」

瞼の内側に、再び青が広がる。やっぱり綺麗な青だった。私を苦しめていた痛みが嘘のように消えていく。青い世界にぽっかりと浮かんでいるような感覚はとても心地が好く、眠りについてしまいそうになる。

虚ろな声がした。

「…………嫌だ。オレは戻らない」

サモンジの声だけれど、別人の声だ。

「やっと逢えたのに。やっと、やっと、やっと、やっとやっと、逢えた。ずっと見てた。ずっとずっとずっとずっとずっとずっと」

ちょっとオカシイ。狂気めいている。

耳の奥でベンチャーズが流れた。夕焼けの光と一緒に窓から入ってくる、ちょっと調子が外れたギター音。

加賀翔。

「理想になれたのに。姿を出せるのに」

そうか、加賀翔の理想は加賀太一、いや、加賀太一の人生なのだ。サモンジなのだ。加賀翔の人生がどんなものだったのかは私の知るところではないが、ずっといじめられ、引きこもりだったのではないかと推測することは容易かった。そして強姦殺人、親殺し。自殺。

見た目も理想だろうけれど、サモンジは周りから可愛がられている。ギターも弾いて、ラジオで微妙に面白いこと言って、リスナーからつっこみのメールをもらって、テレビに出ては老若男女から応援されている。

それは、加賀翔が暗い部屋の片隅で、誰も聴いてくれないギターを弾きながら、ずっとずっと想像してきた人生なのかもしれない。

「オレは、戻らない」

するとゆかりの声が聞こえた。

「やっと出てきたな、加賀翔。そのまま太一を消しちゃえ！」

あれ、と私は首を傾げた。

加賀翔がいる。

ということは清川翔が加賀太一の中に戻って、加賀翔になったのだろうか。清川翔がいなくなったから、ゆかりが今いるのだろうか。でも、加賀翔と清川翔は、全くの別人に感じる。清川翔は加賀翔とイコールでつながっていないような気がする。でもそうなると、さっきまで私と会話していた清川翔は、今どこにいるのだろうか。そして加賀太一は、どこに行ったのだろう。

「ゆかり」

私は青い世界で呟いた。

「うん」

「いるの？」

「うん」

「どこに？」

返事が少し遅かった。

「ここにいるよ」

そして、それは清川翔の声だった。

「……翔の中に？」

ゆかりの返事はない。

「それともゆかりの中に翔がいるの？」

やはりゆかりの返事はない。

「……ごめんね、ゆかり、ごめんね、ごめんね、私のせいで……ごめんね」

溢れ出す謝罪の言葉と涙。謝っても謝り尽くせない。

「……謝らないでよ、瑛。大丈夫だから。安心してよ。ね？」

私は悲しくてたまらなかった。

「ゆかり、……もしもサモンジが消えたら、清川翔が加賀翔になるの？」

「……」

「加賀翔は、そこにいるよ？　加賀太一の中に加賀翔が存在してる。加賀翔が望んだもう一つの人生がサモンジ。死んだのを復活させられたのかもしれないけれど、もしも今の世界で加賀翔が生きていたら、きっとサモンジになっていたんじゃないの。加賀翔と加賀太一は同じみたいだよ。だから、……加賀太一を消しても、清川翔とゆかりは分けることができないんじゃない？」

「……」

もしかして、と私は不吉な予感がした。特に不吉ではないのだけれど、その考えは私の人生の中で全く気にしたことのない考えだった。むしろ殺人とか強姦の方が身近なくらいだ。

もしかして、もしかして、ゆかりは翔になりたかったのではないのだろうか。清川翔。ゆかりという女ではなく、ゆかりではない男になりたかった。

それがこの世界で叶えられた。

けれど、……ゆかりはそれが不満なのだ。でも翔を消すことはできない。翔はゆかりで、ゆかりは翔だった。

そして加賀翔は加賀太一で、サモンジだった。

新生八部柵で生まれて、生きてきた太一に翔。私が知らないだけで、彼等には彼等の人生がある。それは現在と未来を壊さないためだけの後付けかもしれないけれど、それを知っているのはきっと私だけ。彼等にはそれが真実。

「……消せない」

私の喉に痛みが走った。走り去った。こくりと喉を動かすと、もう痛みは消えていた。

笛の音が聞こえる。目を開けようとしたけれど、貼り付けられたようにぴったりとくっついている。笛の音はすぐ傍で聞こえる。脳が揺れた。私の身体と魂を分離しようとしている。

変わってしまうと思った。もう私は、私ではない、別人になってしまう。

嫌だ。嫌だ、嫌だ。

私は私でいたいのだ。

鳩瑛という人間でいたいのだ。

でも、ゆかりが翔に、翔が太一に変わったように、私も変わるべきなのだろうか。

そう思うと、脳が揺れる感覚が更に激しくなり、身体の感覚が曖昧になってゆく。

やっぱり、嫌だ。私は、私でいたい。別人でいるのが、怖い。

無理やり目を開いた。そこには見知らぬ人影があった。布を巻き付けただけの出で立ちはダルマに似ていたが、顔形は全くの別。穏やかな笑みをたたえ、私を見下ろしている。すらっと背が高いが、撫で肩のせいか華奢に見えた。見つめていると吸い込まれそうになる。衣の裾が笛の音に揺れていた。

「……誰？」

問いの答えを聞くことはできなかった。白い光が私を包み込んだのだ。

その瞬間、私の目の前は真っ白になり、忘れていた痛みが蘇った。しかし、それは引き潮のように消えて行く。痛みと共に白い光も薄まってゆき、私の手を誰かが握っていることに気が付いた。

私の手を包んでいる大きな手。後ろに腕が現れる。肩、首、鎖骨、胸、顎、胴体、足、顔……。翔だった。

彼はゆかりではなく、翔としての言葉を紡いだ。

「いいんだ、気にするな。瑛が消えなきゃ、あとは誰が消えてもいいんだ。俺にしたってゆかりにしたって、あいつにしたって、瑛が居てくれればいいんだ」

「でも、でも……ゆかりが……」

「……瑛の記憶には、ゆかりが居るんだな」

こくりと頷く。翔はなにか言いたそうだった。

「俺の記憶はある？」

躊躇いながらも正直に首を横に振った。

「そっか」

翔は微笑んだ。優しい笑顔だった。ゆかりの笑顔とは全然違った。

今度は景色の歪んだ奇妙な空間に居た。

白でもない、闇でもない、色の判別がつかない場所だった。歪んだ壁の向こうには歪んだ人影があり、八部柵のネオンのようなものも見える。完全に世界から隔絶された空間。

「翔は、ここがどこだか分かる？　今の状況の理由が分かるの？」

「……強いて言うなら、矛盾の中に居るんだと思う。この空間の中でなら、なにが起こっても不思議じゃない。俺がゆかりになっていても、翔になっていても、もしくはどちらでもない全く別の存在になっていてもおかしくないし、その可能性も十分にあるんだと思う」

「私には分からないのに……、どうして翔だけ……」

「あいつは、どうなんだろう」

翔の視線の先には、サモンジが居た。

虚ろな目をして立ち尽くしている。その表情には生気がなく、まるで立ったまま死に絶えたように見えた。

「サモンジ……？」

声をかけたが、ピクリとも動かない。そっと手を握ってみた。温もりはある。鼓動も指先に感じる。生きてはいる。ただ、魂がない。

まさか、消えたのか。

「サモンジ！　戻って！」

叫んでも、揺さぶっても、サモンジは動かなかった。

「どうしよう翔、サモンジが動かない！」

「んだな」

「消えちゃった？」

「消えてはいないとは思うんだけど」

私は相当慌てているのに、翔にはまるで焦りがなかった。

サモンジをしげしげと眺めてから、おもむろに、勢いよく、サモンジの横っ面を張った。パッシーン。良い音が響く。

そしてサモンジはぐらっと倒れかけた。それを慌てて私が抱きとめたものの、サモンジの身体は死体のように重く、支えきれずに尻をついてしまった。

翔は叩いた手を振りながら忌ま忌ましげに言った。

「瑛は知らないかもしれないけれど、俺とサモンジって、すっごい仲が悪いんだ」

「そうなの？」

「ゆかりも、加賀翔が嫌いだったみたいだけど」

「そ、そうなんだ」

知らなかった。

「俺とサモンジの場合は、ライバルみたいな感じっつーのかな。音楽性の違いと言えば崇高になってしまうから、あんましそうは言いたくないんだけど……それが最も近いかも。ん、いや、……表現したいことが近すぎて、でも手法が全然違うから、共感したくないし、俺のが上だって思いたいっていうのかな。ともかく嫌いなんだ」

忌ま忌ましく、憎々しげに、苛立ちを隠しもしない。

「でも今はそれだけじゃない。……俺はこいつの荷物を背負わされてるんだ」

「荷物？」

「こいつが加賀翔から加賀太一になった時にできた矛盾だよ。加賀翔の人生の中で起こした重大な幾つかの事柄。それが起こらなかったことによって生じる様々な弊害。消しきれない矛盾を、世界は一気に俺に押しつけた」

そこまで喋って、翔は、あ、となにかに気が付いたように呟き、額を押さえた。

「そうゆうことか」

「なに？」

私の問いに、一瞬泣きそうな顔をすると、音を立てず数歩離れた。

「加賀翔はともかく、多分、太一の方はこの状況が分かっていない。そいつがなにも気が付いていないのは、そいつをつくった力がそいつを人のままにしときたいからだ。瑛がこの状況を分かっていないのも、同じ力が働いているんだと思う。でも、俺をつくった世界の力は、違う。世界の均衡を守るためなら、俺の存在なんてどうでもいいんだ。瑛とそいつは他の力に守られているのに、俺は守られてない。俺はどうでもいい。居ても居なくても、関係ない。都合に合わせて平気で消えたり存在したりさせられる」

「……翔」

「……――もうやだ」

絶望しきった翔の声にぞくりと寒いものを感じ、倒れて動かないサモンジを抱きしめた。死人のように身体が重かった。

「瑛。いっそのこと俺を消して。今なら簡単だ。瑛なら消せる。この空間の中なら、きっと容易い」

私は震えていた。翔が懇願するような目で見ている。

「俺は消されたい」

「……どうして？」

辛うじてそれだけ聞き返すことはできた。

「……だって、瑛は俺のこと知らないし、つい最近まで大事だった人達が、愛してやまない人達が、……加賀翔から押しつけられた存在だって気が付いちゃったし。あたしは男になんかなりたくなかったたし、男になったらなったで、傍にいるのはあたしじゃなかったし。なんで加賀翔なんかに譲らなきゃなんないのか分かんないし。ああああ、ほら、まただ。まだゆかりの感覚と混ざる――ああ、苛つく！　だからもういっそのこと消してよ！　俺の居場所なんてただの付属品だろ！　いらないよ、こんなの！　なんだよ、こんな名前！　サモンジは狡すぎるんだよ。なにが太一だ。翔のままで良かっただろ。どうして、どうして、くそっ」

涙は流していないけれど、翔の声は涙色で、私の目にも涙が込み上げてきたが、この悲しみは翔のものだ。私が奪っていいものではなかった。

「なあ、ゆかりって呼んでくれる？」

呼んだら、翔が消えてしまう。

「……やだ」

「お願いだから」

「嫌だ」

「呼んだらゆかりが戻ってくるかもしれないよ」

「……」

それが今は怖い。私の一言で、今度は翔が消えてしまうかもしれないのだ。また誰かが消える。

私はサモンジをきつく抱きしめて、太一、と名を呼んだ。

「太一。太一、もう戻ってきて」

すると、微かだがサモンジの睫毛が揺れた。もう少しだ。

「太一、太一は……えっと、太一は……私の幼馴染みなんでしょ。私と再会して、友達になるのが夢だったんでしょ？　願いをみすみす見逃してどうすんの。戻ってきてよ！」

私の声に、サモンジの睫毛が揺れた。そして、黒い瞳がそっと開いた。

戻った。

良かった。戻った。サモンジを更に力一杯抱きしめた。

「う、く、苦しい」

「良かった……」

ゆかりに戻ってきてほしくなかったわけじゃない。ただ翔も、サモンジも、消すことなんて恐くてできなかっただけだ。

翔が私を見ている。

「ごめんね……ごめん」

「……いいよ」

ズン、という揺れが唐突に突き上げた。慌てて立ち上がると、ゼリー状の壁が溶けるように消えた。

「なに？」

と思えば、いきなり大地から七色の光と真っ白い光の柱がいくつも天に向かって生え、目にもとまらぬ早さで互いを潰し合ってゆく。

白と七色が凄まじい陣取り合戦を繰り広げるその世界は、紛れもなく変化の真っ最中だった。

事態の急変に対処できず、ただ立ち尽くしている私の真下が、七色に染まった。

「あ」

呟いた瞬間、私の目の前が七色に染まる。そして七色の光を受けて、翔とサモンジの身体が浮いた。私だけは浮かず、代わりに白い光の膜に覆われた。

きっと、この白い光が私とサモンジに作用している力だ。ダルマの力だろうか。そして七色の光が、世界の力。

白い力に守られているはずのサモンジは今、世界の力を浴びている。

「……ダルマ、どうして」

呟き終えた時、いつの間にか二人は私を挟んで睨み合っていた。

私達は元の世界に立っていた。

周りにはオヤジバンドの人だかり。空には有り得ないくらいの満天の星。八部柵のネオン。

どうやら時間が経っていない。

「……翔」

名前を呼べば、彼は私の視線とカチリと合わせて、わけ知り顔でにこっと笑った。

サモンジを振り返った。彼は私と目が合うと、バツが悪そうに上を向いた。

時間は経っていないが、彼等は先程のことを分かっている。そして、私以上に慣れた様子で、何事もなかったかのように周りの空気にとけ込んでいる。世界の辻褄に組み込まれたということだろうか。

「おいおい、いつまでも睨み合ってねーで、いつものやれじゃあ」

人だかりの中から濁声が煽った。

誰かがギターを持ってきた。誰かがキーボードを押してきた。

サモンジがギターを、翔がキーボードを。

彼等は素早く視線を合わせ、背を向けた格好で立った。

神が降りる。

静寂の中、発せられたのは優しいギターの音色。周囲の人間達が、一瞬、驚いたようにざわついたが、すぐに黙って音色に耳を傾ける。

弦が弾かれて、プツン、と広がる音の輪に、別の輪が重なった。翔が、とても面白くなさそうな顔で、ギターと一緒に主旋律を奏でている。

「わぁよ、今、ちょっとだけ楽しいんだ。だから、この曲だけはいつもよりちょっとだけ楽しむべ」

サモンジの囁くような言葉に翔は手を止めた。

「仕方ねーな」

再び鍵盤に指を当てた時、そこからは目が覚めるくらいリズミカルな音が飛び出した。

「あはは、それいいね」

サモンジが嬉しそうにギターを合わせ始める。

「あはは、楽しい。生きてることが楽しい。今こうやってここに存在してるのが楽しい」

「……ったく、幸せでいいね」

「んがも、折角ここさ居んだから楽しめじゃ」

「……まあ、そうだね……」

今度はギターの音を追い越して、翔のピアノの音色が辺りに広がった。

どこからともなく、リズムに合わせて手拍子が始まる。盛り上がる手拍子に合わせてギターもピアノも更に楽しく、軽やかに、また、重厚になっていった。

でも、これは幸せの中に悲しみを隠し持っている曲だ。

サモンジと翔が、光って見えた。

七色の光とか真っ白い光ではなく、二人自体が光っている。光が溢れ出している。私は、何故か涙が滲んでいた目を細めた。

サモンジと翔から溢れ出る光は色がついていなくて、ただただ、二人の存在を際立たせている。

二人とも、ちゃんとここに居る。

目映くここに存在している。

けれど、星のように輝くあの二人は、人間なのだろうか。そして私は、人だったろうか。

「あれ？　……私、人じゃないんだっけか？」

頭がぼんやりする。そもそも私って誰だろう。名前が思い出せなかった。目まぐるしく変わる世界についていけてないのかもしれない。

「えっと……」

犬が私の足元に座った。狐もやって来た。海猫が円を描いて飛んでいる。虎の姿を見た気がした。馬の蹄の音がした。白い蛇、大蛇だろうか、龍だろうか、星と星の間を縫うように夜空を這っている。色んなモノが集まってきている。

目の前に白い光がぼんやりと浮かんだ。そこから男の大きな掌が現れた。それはゆっくりと私の額に触り、瞼を撫でた。

私は目を瞑った。手の温もりが消えた。

私は人に戻った。

「アキラ……そういえば、私は瑛だった」

忘れないようにしないといけない。

第九章

朝方に帰宅し、私はそのまま部屋に籠った。窓を開け放ち、空気を入れ換え、冷たい風を浴びながら毛布にくるまった。

アルコールが抜け始めて、身体は二日酔いの症状を見せ始めた。

だが私は眠ることもせず、部屋でじっとテレビを見ていた。正確にはビデオだ。

中学の最終学年、クラスのボスの暴挙と受験戦争を乗り切った、陰の立て役者であるビデオだ。アノ人の音楽ビデオである。初めて買った音楽ビデオである。まだＤＶＤ化する前のものだ。

思春期であり、暗黒期の真っ只中だった当時の私は、嫌なこと、苦しいことは、これを観ながら耐えた。家に帰ればあのビデオが観られる、その一心で授業を受けた。受験勉強だって挫けなかった。

その時に身に付いたのか、その後も酷く落ち込んだりプチ鬱になると、これを観れば心が落ち着くようになった。元気が出た。

ともかく、これを観ていれば、なにかから解放されて、きっと大丈夫になる。これまでの経験から得ている曖昧な確信によって、私は毛布にくるまってそのビデオを何度も繰り返し観続けた。

流石に昼になると、心配したのか弟が味噌汁とおにぎりを持ってきた。それを食べて、尚もビデオを観続ける。

「……テープ、伸びるんでない？」

弟の一言でＤＶＤに替えて、今度ははっぷききゃべつを貪りながら観続ける。

はっぷききゃべつを食べ終わると、私は壁にあるギターを手に取った。

「なんなんだよ、お前」

ギターは答えない。壁に戻し、私はやっとテレビを消した。熱いお湯のお風呂に入り、ベッドに潜り込む。

それから夜まで眠った。夕飯時に母に呼ばれ、唐揚げを食べた。弟が茶わん蒸しの中の栗をくれた。父がサントリーオールドを買ってきたので、冷凍庫で凍らせて飲んだ。アノ人のラジオを聴き、サモンジのラジオを聴き、ぼんやりと空を見上げて、眠った。

一日中、携帯は切ったままだった。

翌朝、目が覚めて電源を入れると、加賀太一と清川翔からそれぞれ十回以上の着信があったことを知った。

朝陽をガラスごしに浴び、ぐぐぐっと背伸びをする。

アノ人のビデオはやっぱり効果絶大だ。

今日の昼の新幹線で東京に戻らなければならない。

「保ー！　今日駅まで送ってってー」

「ガソリン代払うんだらいいよ」

「うるせえ」

弟に手伝わせてなんとか昼前には支度を済ませ、弟の運転する車に乗り込むと、母がお弁当を持たせてくれた。

「仙台で牛たん弁当買うつもりだったのに」

なんてちょっと迷惑そうに言ってみたが、内心嬉しかった。

「だったら夕ご飯にしなさい。どうせ冷蔵庫の中になんも入ってないんでしょう」

「そうする……ありがとう」

「じゃあ気をつけてね。部屋に着いたら電話かメールしなさいね」

「うん、分かったたってば。じゃあね、行ってきます」

新幹線の時間まで本当に余裕がなくなっているので、私は母の話をやや断ち切る形で車のドアを閉めた。

「ねっちゃん、ギター持ってかねぇの？」

あのギターが話題に出た途端、何故かぎくりとした。

「どうして？」

「なんとなく……持ってったら？」

「いいから早く車出してよ。暇潰しの本買う時間なくなるじゃん」

しぶしぶと弟は車を出した。

運良く信号に一度も引っかかることなく、八部柵駅に着く。

アリーナＢｅクイーンが春陽に輝いていた。アリーナでは昨日に引き続きライブが開催される。それに参加するためなのか、八部柵駅からは続々と人が流れ出てくる。

「もしかしてもう新幹線到着してる？」

「んでも、出発まであと二十分以上はあるんだべ？」

「いや、もう二十分切ってる。到着してるよ、どうしよー、本を買う時間あるかな。新幹線の中の三時間ほど暇な時間はないいんだよね」

「音楽貸そうか？」

「いらない」

「そーやってさぁ、」

「うっさい。んなことより荷物持ってよ」

「はー弟使いの荒いばばぁだこと」

「なんだとこら」

駅のエスカレーターが最上部に到着した。清々しい空気が通り抜けてゆく。早足で改札に向かう途中、不意に声をかけられた。

「瑛」

その声を聞いた途端に、心臓がビクッと跳ねた。翔だった。

「な、なんで居んの？」

声が少し裏返った。

「見送りだよ」

「どうしてこの時間って分かったの」

「……メールくれてたじゃん。往復切符買えたって。そん時、八部柵着時間と八部柵発時間もメールで寄越してたじゃん」

「……そうだったかも」

ただそれは、翔にではなくゆかりに送ったメールだ。

翔の姿を私はまともに見ることができなかった。早くこの場から立ち去りたい。正確に言えば、この新生八部柵からさっさと出たい。

「あとほら、これ、どうせ暇持て余すんだろうから」

渡された紙袋の中には手塚治虫の漫画文庫と、何冊か雑誌が入っている。八部柵のファッション誌だった。

「その中にある広告、俺がデザインしたのもあんの」

「へー、翔って……広告デザイナーってやつ？」

「ううん。たまにライブのフライヤーとかを作ってんの。学生時代に組んでたバンドのチラシとかが好評でさ、他のバンドとか制作会社から作ってくれって頼まれて、小遣い稼ぎの内職感覚で請けてたら、いつの間にか副職として定着しちゃった」

「副職ってことは……本職は？」

「塾の先生。高校の数学」

「へぇ！　先生！　凄いじゃん！」

素直に褒めると、翔は照れた。

「ゆかりはフリーターだったからな。こっちの八部柵は前のよりかは失業率が低いってのもあんだけど……俺頑張ったべ？」

「……うん。凄く偉いよ。でも、塾の先生やって広告デザインしてコンサートとかしてんの？　寝る時間あんの？」

「さぁー……。あ、そういやサモンジは来てないの？」

サモンジの名前が出ると、私の心臓は音を立てて軋み出した。息ができなかった。

「な、なんでサモンジの名前が、そこに出てくんのさ」

「いやー、だって……」

「サモンジには私の帰る時間とか教えてないし」

「なんで？」

「……なんでって……」

「引き止めに来てほしいとか思わない？」

真っ赤になったのが分かるほどに顔が熱い。けれど、心臓は軋み続け、呼吸も苦しくなってきた。一瞬、激しい恋煩いにすら思えたが、実際は凄まじい圧迫感ゆえだった。会いたいという想いを、会いたくないという想いが上回っている。

考えたくない。息が苦しい。

「……あ、……新幹線、出るから、行くね。じゃあね」

私は逃げるように改札を通り、弟と翔に二度大きく手を振ってホームへと下りた。東京へ向かうホームにはあまり人が居ない。新幹線に乗り込む人も少なかった。

窓際の座席に座る。隣は空席のようだった。呼吸が整った頃に、新幹線は静かに走り出した。出発の気配を全く感じさせない。

景色は凄い速さで変わっていく。私の故郷はこんな風景だっただろうか。どうだったろうか。

新幹線が岩手に入った辺りだろうか、緊張の糸が切れたと言えばいいのか、ともかく異様な肩の荷が下り、身体の力が一気に抜けた。

「はぁ」

外を眺めながら何度かゆっくりと息を吐き出して、私は鞄からあるものを取り出した。

ラミネートパックされた、手紙である。

まゆげ切り用の小さなハサミで、硬いビニールをチョキチョキ切った。封筒はビニールにぴったりと貼り付いていて剥がれないが、逆さまにすると、中の手紙がすっと音もなく出てきた。

心臓に手を当てて再び深呼吸をする。

よし、心の中で合図をしてから、手紙を開いた。

『鳩瑛様

瑛さんは僕のことを知っていますか？　三組の清川翔といいます。

とつぜん、ごめんなさい。どうしても伝えたいことがあって、お手紙を書きました。

ラブレターかと思われて、まわし読みされると嫌だったんですが、直接言う勇気がなくて、やっぱり手紙にしてみました。

僕は、男子です。

でもたまに、ゆかり、っていう女子になるときがあります。僕はオカマじゃないと思うんですが、ゆかりになっているときは、女の子になっているような気がします。

ゆかりになると、瑛さんのことがとても気になります。ハラハラします。ハラハラするのは僕です。ゆかりじゃありません。

僕とゆかりは別人なんです。でも、二重人格とはちがう気がします。

もしかしたら、僕は瑛さんが好きなのかもしれないんですが、それは単にゆかりが瑛さんを好きだからかもしれないし、もしかしたら僕はゆかりとして、つまり女の子として瑛さんと仲良くなりたいのかもしれません。

困らせてしまっていますよね、ごめんなさい。自分でも困っているし、気持ちが悪いと思います。

でも、女の子同士で手をつないで帰っているのを見ていると、僕も瑛さんと手をつないで帰りたいと思ってしまいます。バレンタインデーの時は、僕は女の子からもらいたいけれど、女の子と、つまり瑛さんと一緒に街までチョコを買いに行きたいと思います。

僕は九割は翔ですけど、一割はゆかりで、いつもは瑛さんに翔って呼ばれたいけれど、たまに、ゆかりって呼ばれたいと思ってしまいます。

昨日、僕はお母さんに、自分はゆかりっていう女の子かもしれないと言ってしまいました。ゆかりって呼ばれたかったんです。でも、お母さんは泣いてしまいました。そしてお父さんには怒られてしまいました。なので、もう誰にも言わないでおこうと思ったんですけど、すごく悲しかった。

でも、ゆかりは僕がうじうじしていると、すごくきげんが悪くなります。ゆかりは僕です。でも、僕とちがう感情もあるみたいで、ときどき困ります。

ゆかりが、どうせ悲しくなるなら、瑛さんには伝えておきたいと決心しました。

それに僕はたぶん、瑛さんが好きだと思います。ゆかりがずっと瑛さんを見ていたから、僕も瑛さんをずっと見ていたし、そうしたら好きになります。きっと、瑛さんは一生、僕の大切な人なんだと思います。大切な人に、僕はゆかりを知ってほしいんです。

僕が将来結婚するおよめさんにも、ゆかりを知ってほしいと思っています。およめさんはゆかりを認めてくれるでしょうか？　お母さんとお父さんはゆかりを認めてくれなかったけれど、およめさんなら僕を愛してるってことだから、ゆかりも愛してくれるってことですよね。だからきっと平気です。でも、こう思うと、こんどはゆかりが悲しみだして、僕はもう悲しくてどうしようもありません。

悲しくて、瑛さんにあいたくなります。なぐさめてもらいたくなります。はげましてもらいたくなります。そして僕は瑛さんを守りたいです。いつでも最優先に瑛さんを助けたいです。

でも、気持ちが悪いし困ってしまいますよね。お母さんとお父さんも困っていたし、泣いていたし、怒っていました。だから僕のことなんて知らない瑛さんが気持ち悪いと思ってもそれはしかたないです。

だからせめて、これを読んだらすぐに捨ててください。焼いてください。誰にも見せないでください。

お願いします。

五年三組　清川翔（ゆかり）』

読み終えた私は複雑な気持ちで外を見た。少し酔った。近くの景色は物凄い勢いで変わり、遠くの景色は殆ど動かない。

「重い」

小学五年生がこんな手紙を貰っても対処しきれるとは思えないし、今の自分でも対処ができない。しかも捨ててないし、焼いてもいない。それどころかラミネートパックして半永久的に保存する気満々である。

新生八部柵で育つはずだった過去の私は、どんな気持ちでこれを読んだのだろう。いや、読む予定だったのだろう。

「保留で」

それが今の私の答えだった。もしかしたら、小学五年生の私もそうだった可能性もある。保留にして、よく分かんないから、手を繋いで街にチョコを買いに行ったに違いない。

ラミネートパックしたのは、未来の私への挑戦状だろうか。子供の今は分からないけれど、未来の私は大人だからどうにかできるだろ、どうにかしろよ、と。

それとも単に、『多分』『もしかしたら』という言葉はついているものの、生まれて初めてもらったラブレターだから、という可能性もある。書いていた本人が分かっていたのか定かではないが、私にはこれが愛の告白にしか見えない。

過去になる予定だった小学五年生の私は、手紙を読んだ後に翔とどんな関係を築いたのだろうか。

ゆかりとして接したのだろうか。それとも翔として接したのだろうか。

考えていると頭痛がしてきそうだ。

新幹線は盛岡に到着する。

「保留で」

もう一度呟いて手紙を鞄にしまった。

新幹線が盛岡を出ると、車掌に座席の確認をされた。切符を見せると、会釈をして去っていく。

気を取り直し、翔から貰った雑誌を開いた。

翔が手掛けた広告がどれなのか分からないが、八部柵で流行っているというハニプラというファッションの正体は分かった。ハニープラチナというらしく、白銀地区を中心とした服装だった。

ハニーとは、八部柵の八と、虫の蜂をかけたものらしい。そういえば、アリーナＢｅクイーンも女王蜂を明らかに意識しているし、形が六角形ときている。

「駄ジャレか。ダルマの趣味か？」

あはは、と馬鹿にしたように笑い、それから手塚治虫文庫を読む。

仙台を出たところでまた座席の確認をされ、ちょっと不快に思いながらも牛たん弁当を買った。

食べ終えると、することがなくなる。雑誌を再び開いた。だが集中できない。マンガを読む気にもなれず、私はまた翔からの手紙を開いた。読み返せば読み返すほど、複雑な気持ちになってくる。

この手紙は、捨てられ、燃やされることになっていた。翔は、私が過去の翔を知らないということを知っている。

だからきっと、この手紙は私が読んではいけないものだ。でも、読み返さずにはいられない。

第十章

東京駅のプラットフォーム。暖かい風が吹いている。八部柵の薄く鋭い海風山風と違い、東京の風はなんだか分厚い。マフラーが邪魔だった。

そういえば、サモンジにまだマフラーを返していない。返すのを口実に待ち合わせでもしたいけれど、青森と東京じゃそうもいかない。弟にメールして返してもらおうか、とも思ったが、次に帰省した時に会う口実を残しておきたい気もして、悩んでいるうちに段々面倒になってきた。マフラーなんて思い出さなければよかった。

三時間も同じ姿勢だったせいで、身体が軋んでいた。特に右足の付け根が外れそうになっている。部屋に着いたら温かいお湯に浸かろうと思ったが、電車から東京の街並を眺めていたら、それさえも面倒になってきた。だが明日の朝食のことを考え、スーパーで牛乳とパンだけは買った。

数日ぶりの部屋は空気が澱んでいた。

この部屋は変わっていない。カーテンもベッドもカーペットも、壁に貼ったお気に入りのポスター二枚も、タンスの中の服もお気に入りの下着も、なに一つ変わっていない。

「あ、ヒモパン」

そう言えば一つだけ持っていた。寝転ぶと結び目が腰骨に食い込んで痛いので、長いことつけていなかったのだ。

窓を開けて、テレビをつけ、テレビ録画が成功していることに安堵し、母の弁当を冷蔵庫にしまった。冷蔵庫の中にはマヨネーズとジャムしかなかった。

ここは変わっていない。安心感に浸ってベッドに倒れ込むと、そのまま眠ってしまった。

夢を見た。

黄色くて丸いものが宙に浮かんでいる。二つだ。どこかで見たことがある。黄色いものは白い世界でくるくると回転していた。いや、巨大な真っ白いなにかの前に浮かんでいるのだ。白いものはあまりにも大きすぎて、まるで惑星みたいだ。白い惑星は流動していた。真っ白で影もないのに、蠢いているのが分かるのが、なんとも不思議だけれど夢だから仕方がない。

その惑星はどんどん動いて、山みたいになった。いや、これは孤島だ。白い島だ。周りには海が――海がなかった。海みたいな夜が広がっていて、空には逆さに樹が生い茂っていた。

もしかして私が逆さまなのだろうか。どうなのだろう。夢だから仕方がない。

黄色くて丸いものはやっぱりくるくる回っている。それに私は手を伸ばしてみた。左側がすっとよけた。ならばと右側に手を伸ばすと、やっぱりよけられる。追いかけても追い付けず、丸くて黄色いものは白い島の方に飛んでいってしまった。

場面が変わった。

私はテレビを見ていた。音楽番組で、アノ人が誰かとトークをしている。なにを話しているのか耳に入ってこないけれど、私はにこにこしてそれを見ていた。

歌に入るらしい。ステージに場所を移し、照明がテレビ画面の中で次々と色彩を変えていく。

音楽は聞こえない。

歌も分からない。

この番組を見たことがない。

私は怖いと感じていた。凄く嫌な夢だった。でも夢の中の私は嬉々として、食い入るようにテレビを見ている。

私は夢の世界では第三者だ。なんだかこの夢、怖いなぁ。早く目を覚ませばいいのに。

さっきの白い島はどこだったのだろう。丸くて黄色いものはなんだったのだろう。なんでテレビを見ているのだろう。

早く目を覚まさないとあれが来る。

あれってなんだろう。あれは、あれは……夜みたいな海だ。あれが来る。あの海が怖い。白い島の周りに広がる夜、海、あれが嫌だ。あれに飲み込まれたらきっと消えてしまう。私には黄色くて丸いものも居ないし、きっと助けてもらえない。

頭の上に、思い出の場所が広がる。そこがどこなのかははっきりとしないが、私にとってとても懐かしく、心安らぐ風景だった。手を伸ばせば届きそうなのだけれど、望遠鏡でも使って見ている景色のように、果てしなく遠かった。

でも、大丈夫。

私は誰かを安心させようとそう呟いた。

「だいじょうぶ……」

まずい、これは完全に寝言を言っている。恥ずかしいが、寝ているから止められないのだ。

「だいじょうぶ、みえているからだいじょう……ありがと……」

ありがとう、って、なにがだ。自分の寝言に夢の中で突っ込みを入れたくなった。

でも私の言葉は、相手に伝わってはいない。

ちゃんと伝えないといけない。


はっと目が覚めたのは、寒さからだった。

いくら青森よりも暖かいとはいえ、まだ三月で、なにも掛けずに寝るのは非常に寒い。

起き上がろうとすると節々が痛くて動けず、痛みを感じながらもまだ夢の中に居るような気分だった。

ピンポーン。

チャイムが鳴ったが、上手く反応できない。寒い。

ピンポーン。

どうせ新聞の勧誘かなにかだろう。居留守を使えば凌げる。幸い、テレビはおろか電気もついていない。

ピンポーン。

ドアの向こうの見知らぬ人は立ち去る気配を見せない。こうなれば根比べだ。私がドアを開けるか、向こうが立ち去るか。

目を瞑れば再び夢の中に入り込んだ。頭の奥に、ドアの向こうに居るであろう人影がぼんやりと浮かんだ。知っている人物だ。サモンジだといいな、と思ったら急に恥ずかしくなって、その人物像が掻き消えた。残念に思うと、再びもやもやした塊が浮かんで人の形を作る。やっぱり知っている人物だ。私の大好きな人の気がする。長い髪。ああ、ゆかりだ。

夢に描くくらい大好きだったのか。友達同士でこんなに好きって、ちょっと気持ち悪いかな。会いたいな。もう一度ゆかりに会いたい。いや、一度じゃなくって何度も会いたい。会ったら二度と離れたくない。もう失いたくない。

これは恐らく罪悪感だ。

ピンポーン。

ピンポーン。

呼ばれている。

「瑛ー、居るんだったら開けて」

懐かしい声だ。

「はるばる青森から出てきて、もうくたくた。ねー、開けてよ」

うん。ちょっと待ってて。

私はふわりと起き上がった。浮いている。空飛ぶ夢を見たことがあるけれど、今の私は床から数センチ上を頼りなく浮遊している。歩いても思うように進めない。

なんとか玄関に辿りついてドアを開けると、中学時代からの親友が立っている。

あれ。

私はその姿が見えなかった。濃霧が広がったかのように視界が悪い。深い霧の向こうから差すヘッドライトみたいな光が、人の形になって目の前にわだかまっていた。

そこの形の主が誰なのかは分かる。ゆかりだ。が、ゆかりだけれど、ゆかりじゃない。

じっと見つめ、目を細め、やっとピントが合った時、嘘のように靄が晴れた。

立っていたのは、翔だった。

「え……どうしてここに？」

この言葉は本日二度目な気がする。

「見送った後、次の新幹線に乗った。東京って凄いね。街が沢山あるね。渋谷とか寄ってきたんだけど、あそこ酷い。でも東急ハンズっての？　あそこは楽しかった。色々買っちゃったよー。あと、中目黒？　川沿い歩いてたら、あそこ桜並木なんだね。もう蕾ついてた。八部柵では五月頃じゃん。東京では三月って春なんだねーって思った」

東急ハンズの袋、ユニクロの袋、それからスーパーの袋、そして服屋や靴屋の袋。デパ地下の有名なロールケーキ。それら大荷物が玄関に置かれた。

青森から来たわりに旅行鞄等は一切無い。私の了承を得ずにずかずかと部屋に入り込み、ベッドにどさりと座る。

「はー、相変わらず『Mr．搾取』ばっかし。よく集めたもんだ。あれ、ポスターなんて貼ってんの。色褪せするから貼りたくないんじゃなかったっけ」

敬意を込めて『Mr．搾取』と呼ぶのは、ゆかりも翔も同じらしい。

「日焼け防止のフィルター被せてるの。気に入ってるから」

「ふーん。……このポスターさえ無ければ可愛い部屋なのに」

「なにそれー」

「あはは。瑛もこっちに来て、ロールケーキ食べようよ。なんか凄い行列してたから並んでみた。美味しいの？」

「そこの有名だよ」

夢から覚めたはずなのに宙に浮いてる感覚はなくならず、上手く動けない。動け、動け、と念じたら、やっと私は床に下りることができた。その瞬間、右足に体重がかかったのか、激痛が走った。呻きそうになるのを堪え、僅かに右足を浮かせてシンクに寄りかかる。

「の、飲み物、コーヒーでいいかな？」

「したらコーヒー牛乳がいい」

濃いめに作ったインスタントコーヒーに、温めた牛乳を混ぜる。その間に右足の痛みは緩やかに引いていった。

私達は向かい合ってロールケーキを食べた。

「新幹線の中ってどうして携帯の電池の減りが早いのかなぁ。もう電池切れ」

「したらナビも無いのに、よくこの部屋が分かったね」

「瑛のいる場所ならすぐ分かるから」

「……恐いこと言わないでよ」

「それに住所覚えてたし、こっちって交番が至るところにあるから」

「あー、そうね、実家の近くの交番なんて勤務中に買い物とか行っちゃってるもんね」

「だからさー。あ、そうだ、スイカっての買ったんだけど、これ超便利だね。改札通る一発目はドキドキするけど。これで買い物もできるんでしょ」

「うん、定期にもなるし」

「これにお金入れてたら、財布どころか携帯も置いて一日放浪できるね。そこで死んだら完全に無縁仏だね。あー……便利」

なんだか不吉なことを口走り始めた。クレジット機能をつけられることは黙っていよう。

「八部柵からの荷物、そんだけ？」

「財布と携帯しか持ってきてない。そして携帯は電池切れ。あはは」

「充電器貸そうか。携帯会社同じだよね」

「いい、いらない」

そう言ってごろんと寝転がった。大の字になってぼんやり天井を見つめている。

「……もしかして、家出してきた、とか？」

「うん」

あっさり答えた。

「追い返す？」

どうしたものか。

家出をされた周りの人間のことを思うと、このまま放っておけない。友達とか、仕事の仲間とか、塾の先生だというのだから教え子だっていっぱい居るだろう。そしてなにより家族だ。いきなり息子が居なくなったら親はどんなに心配するかしれない。

私だって、弟がいきなり別人になっていた時にはかなり驚いたのだ。居なくなられるのと別人になるのでは驚きの種類は違うだろうが、どちらにしても心に優しくないのは確かだ。

でもなぁ。

私は寝転んだままの翔を見た。複雑な気分が蘇る。
二、三日くらいなら放置してもいいかな、なんて友達寄りの考えに至った。
「……まいいや、したらご飯どうする？　今、冷蔵庫になにも無くてさ。どっか食べに行く？」

「シチュー」

そう言って翔は起き上がり、ロールケーキを口に突っ込んだ。冷めかけたコーヒー牛乳を喉を鳴らして飲み干すと、這いつくばるように台所に身体を半分投げ出し、スーパーの袋を引き摺り寄せる。

中にはシチューを作るのには十分な食材が入っていた。いや、このラインナップ、どう考えてもシチューを作らせるのを前提としている。

「もしかして、ブロッコリー入りのホワイトシチュー？」

「うん」

ゆかりの好物だ。どうやら食の好みも翔とゆかりは同じらしい。

「……じゃあこの鶏もも肉の塊は、照焼きを作れという意味？」

こくこくと頷いている。その瞳は期待に輝いていた。

めんどくさい。

折角お母さんがお弁当を作ってくれたのに、結局自分で作らなければいけないのか。正直、外に食べに行きたい。でも青森から東京までやって来て、更にまた外に出るのも嫌だった。いくら新幹線で三時間足らずとはいえ、旅慣れていない身には応える。

それに、もしも翔がゆかりと殆ど同じ人生を歩んできたのなら、修学旅行以外で県を越えたことは殆どないはずだ。それなのに東京に一人で来て、東京駅から渋谷、そこから中目黒、そしてこの部屋まで辿り着いた。電車の乗り継ぎ、人の流れ、エスカレーターの乗り方、車通りの多さ、なにもかもが違い、なにもかもが分からないことばかりで、身体の疲れは元より、きっと気疲れもしているだろう。

「分かった、作るから。その代わりお風呂の掃除してね。それが終わったらコンビニでなんかお茶でも買ってきて」

「やったー！」

子供のように喜んで、翔は早速風呂場の掃除を始めた。そして近くのコンビニに行き、飲み物以外にも酒やスナック菓子を大量に買い込んで帰ってくる。米をといでいた私の後ろで冷蔵庫に酒をしまうと、

「寝る」

と短く言って、勝手に人のベッドでぐーぐー鼾をかき始めた。なんて男だ。年頃の女の子のベッドに躊躇なく入り、枕を抱きしめて熟睡をしている。

「おいおい」

翔にとって私は十数年来の親友かもしれないが、私にとっては数日前に出会ったよく知らない男である。中身がゆかりだからその遠慮のない行動に理解もできるが、心の底ではまだ納得がいっていない。

ともかく、照焼きを作り、シチューを煮込みつつ簡単なサラダを作り、米の炊けるのを待った。炊飯器が音を出すと、母の作ってくれた弁当を温める。テーブルの上を片付けて料理を運び、お茶をコップに注いでから翔を起こした。

「翔、ご飯できたよ」

「んー」

生返事だけして翔は背中を向けた。

「ちょっとー。起きてよ」

「んー」

もそっと起き上がる。ぼーっとした様子で顎を擦り、窓の外をじっと見つめて動かなくなった。

「……目が覚めたらベッドから下りてね」

数分して翔はベッドから下り、私の向かい側に正座をした。

「あ、やった、シチューだ」

「あんたが言ったんじゃん！」

「……あ、……瑛だ」

「早く起きろ！　茶を飲め！」

翔はへらっとした笑みを浮かべてお茶を飲み干した。それから背伸びをした。腕が長い。

「すとんと寝てた。超スッキリ」

「おー、良かったね」

「いただきます」

私は母の弁当を食べ、シチューはつまむ程度だ。照焼きに箸が伸びない。ロールケーキを食べたせいか、あまりお腹に入らない気がする。

一方、寝起きにもかかわらず翔は実によく食べる。美味しそうに食べてくれると、こっちも作ったかいがあったと嬉しくなる。考えてみれば、誰かに料理を作るなど、彼氏と別れてからかれこれ一年半なかったことだ。

ふと、翔が食事の手を止め、唐突に言った。

「瑛ってハヤシライス作れる?」

「今更シチューじゃなくってハヤシライスがいいとか言うの?」

「じゃなくて、作れる?」

「作ったことないなぁ、そういえば」

「ふうん」

「なんで?」

「いや、サモンジがハヤシライス好きらしいから。とろとろ卵の乗っかったハヤシライスが大好物だとか、……いつだったかのラジオでへってらったよ」

「……ふーん」

「ま、そんだけ」

見透かされている。そう感じたが、この不安とも安堵とも取れない奇妙な感じを言葉にはできない。なんだろう、目には見えない繋がりを感じたのだ。それは友人同士の意思疎通とか阿吽の呼吸というものではなく、ケーブルで繋がっている感覚に近いのかもしれない。

食事が済むと、代わりばんこにお風呂に入り、その後でお酒を開けた。

一口お酒を飲む毎に、翔は私との思い出を簡単に説明してくれた。自分の記憶にない自分の過去を聞かされるのは、変な気分だった。

「俺と瑛が友達になったのは小学校の時だったんだ。ゆかりとは中学からだべ? 俺の方が付き合いは長い」

「小学校の時に手紙を送ってさ、瑛は読んだけど、捨てたって言ってたな。まあ、読んだら捨ててくれって書いたのは俺だったんだから仕方がないけど、ちょっとショックだった。でもそれが仲良くなる切っ掛け。ゆかりん時は席が近かったからだっけ？」

「中学校の頃はまあ荒れたクラスだったね。瑛は売られた喧嘩なら買うし。俺が庇うとデキてるとかはやし立てられてもっと瑛は怒るし、ねー、暗黒期だったね」

「俺と瑛が恋人同士になったことはないよ」

「でも男女としては有り得ないくらい仲が良かったから、周りから勘違いされてたみたいで、俺変な告白されたことあるもん。『鳩さんと付き合ってることは知ってます。でも先輩のことが好きで、ただ知っておいてほしかったんです。もう諦めます。私、先輩のことが好きでした』みたいな。その告白、俺一言も喋らず終了したからね」

「瑛が東京の大学行くって決まったら、うちの両親が、俺がいつ瑛を追っかけて家を飛び出すか気が気じゃなかったってさ。つっても俺も音大行くのに独り暮らししたから、結局一旦家を出たんだけど」

「あ、えっとね、瑛は知らないかもしれないけど、八部柵に音楽大学あるんだよ。そこに入学したの。でも就職は進学塾で、担当は数学だから、人生どうなるか分かんないね。大学行ってないサモンジの方が音楽で生活してるし」

「サモンジがちょっとだけ言ってた、俺の方が音楽で成功してるとかなんとかってのは大学時代の話で、今はコンサートもやってないよ。たまに助っ人でバンドのキーボード頼まれるけど、ソロではもう活動してない。音楽でなにかを表現しようっていう気持ちがあんまりなくてさ。……いや、昔はあったな。少なくとも大学時代はあった。段々薄れていったんだと思う。大学卒業を区切りにして、すぱっと第一線から退いたくらいだし。毎日弾いてはいるけどね」

「多分、ゆかりもそうだったんじゃない？　才能はあるかもしれないけれど、それに見合う情熱とかがないと、台頭はしない。どっちかだけじゃ駄目なんだよ。だからゆかりの両親は音楽学校に入れないで正解だね」

「ゆかりは夢も野望もなかったんだ。俺もそう。役割を探してた。自分の役割をね。使命ってほどカッコイイもんじゃなくて、なんだろう、自分の存在がかちっとはまる、なんつーの？　この世界においての自分の役目っての？　うーん、説明しにくい。けどま、俺はそれがなんとなく見付かったわけ。ゆかりは見付けられなかったけど、結局俺が見付けたからゆかりも見付けられたようなもんかな」

「夢も野望もなかったけど、希望はあった」

「希望を見付けられた」

「だから俺は今、ちょっとだけ幸せ」

翔のお酒が無くなり、そこで話が一旦途切れた。二本目を開けるかどうか迷っている。目が少しとろんとしていた。

私はテーブルを端に寄せると、客用の布団を敷いた。そこに座って二本目の酒を手渡す。もう少し翔の話を聞きたかったのだ。けれど翔は布団の上で胡座をかくと、ベッドに寄り掛かって目を瞑った。

「……寝るなら横になりなよ」

「ん。でも、お酒飲みたい」

「長旅で疲れてるでしょ」

「でも、瑛と話すために来たんだもん」

「だもん、って……子供か」

「色々話さなきゃいけないのに、全然話できなかった」

不貞腐れたように缶を開け、チューハイを一気に空けた。

「あのさぁ……」

「うん？」

「ゆかりはさぁ」

「うん」

「……」

翔はビールを手にする。でもそれは開けられることはなく、翔はずるずると横に倒れた。

「電気消すから」

返事はなく、もう翔は夢の中だ。私は電気を消し、音を立てないようにベッドに移動した。

けれど眠れなかった。カーテンの隙間から漏れる外の明かりをずっと見ていた。

明日は仕事だから早く寝ないと辛くなるのは予想できる。もう十二時になる。いつもなら一時くらいに寝るけれど、今夜は少しでも多く睡眠を取りたかった。焦れば更に眠れなくなる。頭のどこかが興奮しているのだ。いや、興奮しているのは身体の方か。

同じ部屋に男が寝ているというのが、落ち着かないのだ。そわそわして何度か寝返りを打った。どうしよう。本当にどうしよう。色んな意味でどうしよう。

「そういやさ」

翔の声にびくっとした。寝言かと思ったが、翔は話を続けた。

「俺の初めてのエッチの相手って、瑛なんだけど」

「え？」

「瑛も初めては俺だったよ」

私は動けなかった。するとすぐ傍で翔の声がした。

「そっち行っていい？」

一瞬だけ、躊躇。

「うん」

答えるのと布団を剥ぎ取るのでは、布団を剥ぎ取る方が早かった。

「失敗した」

すぐ傍で男の声がする。目を開けると、カーテンの隙間から嫌になるくらい眩しい光が漏れていた。朝だ。

「……今何時？」

「六時」

いつも七時に起きている。一時間損した気分だ。二度寝しよう、と布団を引っ張って普段との違いに気が付いた。

私を見ている顔を、私もじっと見つめた。

誰だっけ。ゆかりだっけ。ゆかりって男だっけ。ゆかりは女だ。私に腕を回してくるこの人間は男だ。これは誰だ。

「……なんか見たことある」

「十数年来の大親友だろ」

「大親友？」

「寝ぼけてんじゃやねぇ」

「――あ」

翔だ。

「なんだ、大親友じゃない方の親友だ」

「おい！」

「で、なにが失敗？　避妊？」

「そんな失敗二度としない！　っていうか、俺はその辺のオカマよりよっぽど女の気持ちが分かる男ですけど。そんな俺が避妊をしない。有り得ない」

翔はゆかりだから女の気持ちが分かって然るべきなのだろう。というより女の都合が分かるのだ。私はゆかりとセックスしてしまったことになるのだろうか。いや、翔は男だ。心が女というわけでもない。この決して答えのでなさそうな問題は、あんまり考えていると頭が痛くなってくるので、私は素早く思考をショートカットし、結論だけ述べた。

「『凄い良かったよ』」

「ありがと。瑛も相変わらず。『俺等相性バッチシだよね』」

「私にとっては初めての相手なんだけど。じゃ、あと一時間したら起こして」

「初エッチ中一だよ」

二度寝の眠気が吹き飛んだ。

「マジで？」

「うん。そん時はコンドームしてなかったから、後で瑛ってば真っ青になっちゃってね。妊娠したかも、どうしようって。まだ生理も来てなかったじゃん。だから妊娠したのか生理が来てないだけなのか分からなくって、二ヶ月後に初潮が来た時は泣いちゃったよね。周りは初めての生理だからびっくりしたんだろうって解釈してたみたいだけど、そうじゃないよね」

まるで確認するように尋ねられても、私はその話自体知らないし、そんな経験記憶にないし、第一、驚いている。朝っぱらからする話題じゃない。

「それからちょくちょくエッチしたよね」

「……そう、なの？」

「うん。そうだよ。付き合ってはいなかったけど」

「……へぇ」

「覚えてないんだよね」

「っていうか、してないし。私の過去に居たのは翔じゃないし」

「じゃあ、俺の初体験の相手って、誰だったんだろう」

「……」

「リアルなオナニーだったのかな。それとも、あの瑛と今の瑛は別人？」

別人だったんじゃないかな、と言いかけて止めた。

「で、避妊じゃなかったらこの状況でなんの失敗したの」

「瑛ともっと色んな話をするつもりだったのに、酒と性欲と睡眠欲に負けた」

アホくさ。

呆れ、眠気もふっ飛んでいたので、私はベッドから下りた。途端、カクンと右膝が折れて盛大に転んでしまった。

どっすーん、という迷惑な騒音が朝から響いた。下の階の人、ごめんなさい。

「瑛！　大丈夫？」

「……ビックリした」

丸裸で床に倒れたまま、アホみたいに答える。

どうして転んだのかも、どうして右膝に力が入らないのかも分からない。翔に抱えられてベッドに戻る。膝の下の感覚がなくなっていたのだ。採掘場で痛めたところだ。足の付け根の奥が軋んでいる。

翔は私を支えながら、酷く不安そうに言った。

「俺、なんか変に身体とか曲げさせちゃった？」

「……少し前に痛めたところだから、翔は関係ないって。大丈夫、時間が経てば治ると思う」

それでも翔は不安げに私を抱き寄せた。たかが転んだだけなのに、まるで私が瀕死の重傷を負ったかのようだ。私の足を擦りながら泣きそうな声で言った。

「やっぱりもう八部柵帰ろうよ」

「やっぱり、ってどうしてそうなるの？」

いきなりの提案に驚いて聞き返すと、翔はちょっと考え込んだ。

「だって瑛って別に夢とかやりたいことがあって東京にいるわけじゃないだろ？」

「そ、そうだけど……」

翔の言う通りである。ともかく八部柵ではやることがないから、なんでもありそうな東京の大学に入っただけだった。

「今の八部柵には、そこそこ夢があるよ。仕事もあるよ。な、だからもう東京なんて居ないで、八部柵に帰ろうよ」

「……家出してきたくせに」

「う。そ、それはさぁ……。でも、瑛は絶対に八部柵に帰った方がいいと思う。理屈じゃなくて、直感」

直感。私は八部柵での数日間を思い出した。変化の光に覆われ、次々と変わっていく故郷は、もう私の故郷とはかけ離れた場所になっている。むしろ、あそここそ私の居場所ではない。

「たかだか足が痛いだけでそんな深刻になんなくてもいいってば。ほら」

今度は慎重に足を床に下ろし、立ち上がってみせた。右足の感覚はやはりなく、付け根には凄まじい違和感があるのだが、歩けることは歩ける。

「ね、もう大丈夫。八部柵に帰る帰んないとかより、今はこの足で職場行く方が大事。シャワー浴びてくるから、布団上げといてね」

翔に笑いかけると、私はバスタオルを持って風呂場に行き、シャワーを出した。そして必死で足をマッサージする。

本当は大丈夫ではない。部屋から風呂場に来る間に、何度転びそうになったかしれない。病院に行くべきだろうか。でも時間と金がない。次の公休は水曜だから、あと二日は病院に行く時間が取れない。それまでに歩けなくなったらどうしよう。

「よしてよー、やめてよー」

末端にいけばいくほど感覚がなく、爪先なんて完全に麻痺している。指を曲げれば曲げられるけれど、曲げている感覚がない。曲げているのは私なのに誰かが遠隔操作しているのではと思う。

「瑛ぁ、大丈夫？　ねえ、本当に大丈夫？」

「大丈夫だって」

私は頭と身体を手早く洗い、ドアを開けた。

「あんたもシャワー浴びて。上がる頃にはご飯できてるからさ。つっても夕べの残りをあっためるだけだけど」

無理やり風呂場に押し込んでドアを閉める。

マッサージが効いたのか、関節の違和感は薄れていた。ただ、パンツを穿く時に右足一本で立ったその一瞬、痛みに似た不吉な予感が襲った。次の瞬間には左足が身体を支えていた。転ぶことなく済んだが、折角シャワーを浴びたのに嫌な汗が滲んだ。

カーテンと窓を開け、ゆうべの宴席を片付けてテレビをつける。シチューを温め直し、卵を焼いて、照焼きをレンジにかける。翔を安心させるために私はそれらの行動を迅速に進めた。燃えるゴミの日だったので、軽く掃除もしてからゴミを捨ててくる。戻ると翔はシャワーから上がっていて、昨日買った服を紙袋から出している最中だった。

ご飯を食べて、お茶を入れて、天気予報を見ながら五分くらい一服。

実家のたんすの中にあった服は一切合切リニューアルされていたが、東京のタンスはそのままだったので、久々に自分好みの服に袖を通すことが叶った。安心感に包まれて鏡の前に立ったが、翔は私の姿を見て、

「不思議な感じ」

と感想を述べた。

「なんだか俺の知ってる瑛じゃない感じ」

「多分、私は翔の知ってる私じゃないいんだよ」

「寂しいこと言うなよー」

化粧品は八部柵に持っていったので八部柵仕様になっていたが、今の格好にもそこそこ合う色合いだったので事なきを得た。

春物の薄いコートを羽織り、足が心配なのでペタンコヒールのブーツを履く。

「駅まで送ってく」

余程心配なのか、翔は進んで鞄を持ってくれたし、階段を下りる時なんかは手を添えてくれた。はたから見たらまるで恋人同士だ。

私はそれが異様に癪だった。手を振り解き、鞄を自分で持つ。

「……もう、ほんと昔っから俺を頼んないね。他の男にばっかり頼ってさ。もう」

「不満なの？」

「そりゃ不満だよ。男扱いしてくれてないんだもん」

だもん、と子供のように不貞腐れる男のくせに。

「ゆかりの方が男気があったような気がする」

アパートを出てほどなくすると、急で長い坂が現れる。それを登らなければ駅には着かない。坂を見上げて私は堪らず溜め息を吐いた。

健常な足でも息が切れるというのに、今の状態で登り切れる自信がまるでなかった。

「瑛、俺はゆかりっていう女じゃなく、翔っていう男だよ」

私は翔の腕を掴んだ。そして鞄を渡すと、翔は満足そうに笑った。

電車に乗って一駅でバイト先に着く。駅ビルの雑貨屋がそこだ。九時に出勤、十時開店。翔に抱えられるようにしてやっと駅に辿り着いた。存分に頼らせていただいた。右足が今にも外れそうになっていて、息も絶え絶え、すでに帰りたい。

「帰り、迎えにいくよ」

悪いからいいよ、と遠慮する余裕がない。

「いいの？」

「当たり前じゃん。仕事場まで送る？」

「それは大丈夫。電車に乗れば着いたようなもんだし。帰る時に連絡入れるから、携帯充電しといてよ」

「もしもなにか困ったことがあったらすぐに呼べよ。俺は瑛を呼ぶことはできないけれど、呼ばれることはできるから。俺にはそれしかできないから」

「いや、あんたも私のアドレス知ってるでしょ」

「そうじゃなくて」

「分かった、すぐに呼ぶから。じゃあ行ってくるね。ポスターに落書きとかしないでよ。遊びに行く時は鍵かけてね。あ、鍵は『青い目のポカリさん』のポスターの下の引き出しに入ってるから。……って、そしたら今部屋に入れないか。私の貸すから、これで入って。それと『マヨネーズの妖精』のポスターの下にある箱、絶対に開けないでね」

「ああ、見られたら恥ずかしいのが入ってんのね。それでなんとなく中身が予測できた」

「しないで」

　言うだけ言って鍵を渡し、改札を潜った。


　朝は倉庫で入荷品チェックをするのが常だ。歩かずに済んだが、午後からは店頭に出なければならない。パソコンデスクから立ち上がった瞬間、足の付け根が外れそうな違和感と、遅れてやって来た痛みに、声を上げ床に尻をついてしまった。

「誰？　大丈夫？」

　物音で駆け付けたチーフマネージャーが、段ボールの隙間から顔を出し、床に倒れている私を見て、不可解な表情を浮かべた。

「えっと？　なにやってるの」

「す、すみません……。二、三日前に足を痛めて、それが治らなくて」

　痛いのは足だけのはずが、息をするのも若干苦しく、はっ、はっ、と胸の悪そうな音が口から出る。

「えーっと、……社員証は持ってる？」

　妙なことを聞かれた。

「バイトですから、タイムカードとビルの入館カードしかないですけど」

「見せてくれる？」

もしかして今日は出勤ではなかったのだろうか。有休を間違えたのか。

デスクを支えにして立ち上がり、ネームプレートの裏からカードを二枚取り出すと、チーフマネージャーは奪うようにそれを取った。

「……あ、本当だ」

「なにがですか？」

「いや、見慣れない顔だったから。……新しく入った子？」

一体なにを言っているんだろう、この人は。

「入ってもう三年以上になりますけど。大学生の頃から居ます」

「え？」

チーフマネージャーは驚いたようにカードに目を戻し、今度は信じられないという表情で顔を上げた。

「本当だ、ご、ごめんなさい。確かにそうみたいだね……。おかしいなぁ。鳩さん、だよね？なんで忘れていたんだろ。……あ、長期休暇明けかな？」

「まあ、長期といえば長期のお休み、でしたけど」

「そっか、だからだね。ごめんね」

安堵の表情でチーフマネージャーはカードを返してくれたが、私は事態の把握ができなかった。長期といっても、たった五日間である。それで忘れられるはずがない。

「倒れるくらい具合が悪いなら、もう帰っていいから」

「……はい、すみません」

「この近くに大病院があるの、分かる？　検査でもしてもらったらどう。えっと、……ごめん、ナニさんだっけ」

イラッとする。

「鳩です。鳩瑛」

「こう言っちゃ失礼だけど、覚えにくい名前だね」

変な名前とかからかわれたことは嫌というほどあるが、覚えにくいと言われたのは、生まれて初めてだった。

チーフマネージャーは、言うだけ言ったらまるで急に私の姿が見えなくなったような酷い素振りで私を突き飛ばし、パソコン画面に顔を近付けて舌打ちをした。

「誰だ、使いっぱなしにしてるのは。パソコンを使い終わったらロックをしろってあれだけ言っているのに。まったく」

そうブツブツ呟いてロックをかけると、段ボールの隙間を縫い、倉庫から出ていった。

「……どうなってんの？」

第十一章

　その大病院は、健常な足であれば駅から数分で辿り着く場所にある。普段ならポケットに手を突っ込んで悠々と通り過ぎるのに、今回は手すりに体重を預け、一歩一歩ゆっくり進むので精一杯だ。

　足を動かすたびに激痛が走る。その衝撃で、まるで酷い車酔いのような目眩と吐き気が襲う。肉離れとか靱帯損傷、もしくは骨に異常を来しているのかもしれない。

　翔を呼ぼうかな。いや、診察を終えてから迎えに来てもらおう。

　道は階段と車椅子用の緩いスロープに分かれていた。

「チクショッ」

　言うまでもなくスロープを選んだが、私はすぐに後悔した。僅かな傾斜でさえきつい。更に、距離が階段の倍以上もある。

「くっ」

　噴き出す汗で化粧もどろどろで、手で拭うたびに汗とは違う粘着質な液体が付着する。

　喉が渇いた。自動販売機が目に入ったが、そこへ向かうのがきつすぎる。

スロープの上の方から車椅子がやって来た。若いカップルのようで、車椅子に乗っているのが女、押しているのが男だ。脇見運転よろしく、きゃっきゃと笑い合いながら下りてくる。私は二人の邪魔にならないように脇によけたつもりだった。

「っつっ！」

車椅子の車輪が、よりによって痛い方の足を掠めていった。

思わず苦悶の声を上げてしまったが、車椅子は止まるどころか謝罪もなく、ゆっくりスロープを下りていく。

「ちっ」

決して口に出してはならない毒を胸の中にわだかまらせて、私は地面を踏みならした。

カクン。

右足で踏みならしてしまったのは完全な私のミスである。呼吸が一瞬止まるほどの痛みと共に、バランスが崩れた。

瞬時に私は手すりにしがみつくようにして、転ぶのを堪えた。ふう、助かった、と息を吐いた瞬間、目の前が激しく揺れ、立ち眩みのように真っ暗になる。

気持ち悪い、と思ったら、私の鼻先にぽっと青い点のような光が現れた。その青はみるみるうちに広がり、今度はその広がった青を埋めるように、景色が浮き上がっていった。

と同時に、私の身体から苦痛が拭い取られた。足の痛みがなくなり、呼吸も楽になっている。全身から滲んでいた嫌な汗も引き、細胞一つ一つを優しく抱き抱えられているみたいだった。

思わずまどろんでしまいそうになったが、ふと足元に視線を落として、絶句した。

足が落ちている。私の右足だ。

驚きのあまり驚けない。

見れば、ちゃんと左足もその近くに転げている。

両腕がスロープをころころ転がっていて、その先の花壇の隅には頭部がすでに到着していた。

そして、私自身は己の胴体の上に乗っかっているという、笑ってしまうような事態。

なんだこれ。

そうだ、笑ってみよう。

――あは、あは、あはははははははは。

笑っているのに涙が出てきた。

そのまましばらく笑っていたが、唐突に虚しくなって、頬を伝う水を拭った。

――……さてと。意味が分かんないよっと。

私はひとまず、ばらばらになった身体のパーツを集めて回った。鞄や服やブーツ、そして携帯。それらも拾い上げた。人通りは多いが、誰も私の存在に気が付かない。たまにお洒落な小型犬がふんふん鼻を鳴らして寄ってきただけだ。

――あはは、あははははは、あははははは。

虚しい笑い声で楽しくなってきたが、所詮は錯覚で、身体のパーツや荷物を両手で抱えながら病院へ向かった。が、病院へ行ってなにをしようというのか。

方向を変えて、あてもなく歩いた。

赤信号で立ち止まると、どうしてわざわざ律儀に信号で止まってるんだろう、と思い至り、より一層悲しみが溢れ出した。

——私、死んだのかな。死んだのなら、どうして死んでしまったんだろ。

——もしかして、死んだんじゃなく、消えたのかな。

——世界の辻褄合わせってやつの最後の最後に、私が消されたのかな。

——そうかもしれない。私はまだ八部柵の前の姿を覚えている。

——あってはならない記憶と、あってはならない経験。世界の矛盾になっていたら、そりゃ消されるか。

——私は世界に消された。必要ないと見なされた。必要、ないんだ……私。

大声で泣き散らしても、どうせ私の姿が見える者はいない。恥も外聞も文字通りないのだから、私の泣き声と涙を止める者はいない。

たまに、腕から腕が転げ落ちるというシュールな出来事が起こる。それを拾おうとすると頭が落ちる。転がる頭部を追いかけて、私はまた泣く。

ダルマ。

どうしてくれるんだよ。

っていうか、私はどうすればいいんだよ。

泣き、笑い、疲れ果てても涙が出る。

私はふらふらと公園のベンチに座った。座った途端、糸が切れたように腕から力が抜け、乾いた音を立てて身体のパーツが散らばった。

翔を、呼ぼう。

そう思ったが、涙を拭うのも身体のパーツを集め直すのも億劫で、散らばった荷物から携帯を探すことなど更に億劫だった。


私が今居る場所を、公園と認識したのはつい最近のことだった。それまでは、ビルとビルの間にぽっかりと空いた、なにに使っているのか分からない空間だと感じていた。たまたま、夕焼け空が綺麗で、それをもっと見ようと足を踏み入れた時、空間の奥にアスレチックと砂場を見付けて、初めて公園だと知った。その時はまさか、この場所が私の最期の地になるとは予想もしていなかった。

ただ、遊具とこんもりとした木々の向こうに朱色が広がり、思考をトバして、その空が夕闇に変わるまで見上げていた。

あのトバした感覚が好きだ。脳が満遍なく緩やかに動き、理屈と感情が混じり合い、言うなれば第六感のみで辺りを感じ取っている感覚。今の状況はその時の感覚に近い。肉体で感じているわけではなく、精神だけで感じているわけでもない。ぼーっとしているようなのに、頭は完全に覚醒している。

公園の前の道路を二十代後半の男性が通り過ぎた。

「疲れた。もう帰りたい。でも家に行くとあいつがいるし、ほんとメンドイ。きっと、仕事どうだった？　とか聞いてくるんだろうな。お前に言ってなにが分かるって言うんだよ。仕事について分かってほしいのはお前じゃなくって、二課に居るコンビ組まされた奴だよ。俺の苦労なんて知りもしないで、礼も言わずに、当然みたいにサインしやがって。てめーにとっちゃ、あって当然の書類でも、それを作るのにどれだけの資料にあたって、どれだけの時間と体力を費やしたと思ってやがる。ちくしょう、俺だってこんな文句思ったって意味がないことくらい分かってんだよ。でも、それを家であいつに話したって、大変だね、とか言うだけだろ。あー、ムカつく。想像してムカついた。帰りたくない。でも疲れた、マジ帰りたい。それに帰んないと心配するだろうし、……少しだけどっかで休んでいこうかな。酒飲んでから帰るってメールしようかな。……てかなんでメールしなきゃなんないんだろ。携帯ってウゼエ。捨てちまおうか。いや、捨てられないか。あーあー、旅に出たい。誰もいないところに行きたい」

男性が目の前を通り過ぎる刹那の間に、私の中に声が届いた。そして言語化されていない未分化の感情と欲望、半透明の映像が、ぽ、ぽ、と現れ消え、どこかで聞いたことのあるメロディが微かに流れた。

今度は自転車に乗った少年が通り過ぎた。次には音楽を聴きながらぼんやり歩く女の子だ。専門学生風の女の人に、犬を連れたおばさん。色んな人間が公園の前を通り過ぎ、そのたびに、声や欲望や不満や、音楽もしくは映像を、私は自動的に読み取ることとなった。

この付近に一際強大な力が留まっていることに気付いた。神の大いなる力だった。辺りに充満しているというよりは、微かに頭にかかる柔らかなミストのようだ。

見上げると、家の屋根ほどの高さから、空に向かって大いなる気配が放出されていた。ぼうぼうと上がる蒸気に似ている。その強大な力を他へ漏らさないように、強固な結界があって、その囲いが薄くなった上空部分から、力は柔らかミストよろしく地上に落ちてくる。

それにそっくりの蒸気が私からも溢れ出していたことに気が付いたのは、しばらく経ってからだった。公園が蒸気で満たされて、私の視界さえも遮るほどに濃くなったためだ。灰白い霞でむせ返りそうだ。道路の向こうへも、とくとくと流れ出している。その流れ出た力の蒸気に触れた人間の頭の中が、触れている間だけ私の中に伝わってくるのだ。

なるほど。

私は妙に納得し、蒸気を抑え霞を晴らす方法はないかと考えを巡らせた。だがそれを妨げるように、人が私の領域に入り込んでくる。そのたびに聞きたくもない愚痴や欲望が私の中を掻き混ぜていく。

私の存在に気付きもしない奴等なのに、私の方は否応なしにその存在を知らなければならないなんて、フェアじゃない。

私の霞の中に、種類の違う力が入り込んだ。ゆっくりと近付いてくる。それは目には見えない。どうやら人や建物とは違い、霞と同じ次元の存在のようで、姿が霞に隠れてしまっているのだ。のしり、のしり、という音が聞こえる気がする。

私の目の前だった。霞がその一ヶ所だけ渦を巻き、空へと向かって飛んでいった。そして現れた、波打つ毛に覆われた巨大な四つ足の獣。

〈この破天荒な有り様は、お前様の仕業か〉

地を這うような低い声に、私の身体がブルブルと震えた。目の前のド迫力な獣に、驚き、戦き、息を呑んだ。八部柵で見た狛犬達によく似ていたが、毛並みや耳の形等微妙に異なる。

私は酷く自虐的な気持ちでその獣に答えた。

――こんな哀れな私に、なにか、ご用でも。

獣は表情がとても豊かで、剛毛の下で怪訝な表情を浮かべた。

〈ここはアメノコヤネノミコトの域であることはお前様も承知だろうに。どうしてこんな前代未聞な所業に出たのだ。幸い、この地のアメノコヤネノミコトは心穏やかな神である。穏やかなうちに出ていかれよ。もしくは早々に申し開きをせよ〉

また舌を噛みそうな名前の神様が出てきた。ということは、この迫力ある獣も神の使いか。

――……私はなにか悪いことをしでかしたわけ？

〈その言い種、よもやふざけているのではあるまいな〉

――ふざける？　なにが起こったのかさっぱり分からないのは、この私。私はどうなったんでしょうか、これからどうすればいいのでしょうか。そちらが言う、破天荒で前代未聞な所業は、私が犯したのではなく、私に起こった災いとしか思えないのですけれどね。教えてくださいよ。どんな有り様なんですか。私はどうすればいいのですか。私はこれからどうなるんですか。もしも答えられないなら、放っといてください！

半ば喧嘩腰に獣に突っかかると、相手も威嚇するようにくわっと目を見開いた。

〈お前様は今、神域を侵しているのだ。それも分からんのか〉

――分かりませんね！　さーっぱり分かりません！

〈年神や菩薩でさえ、ここに入る時はアメノコヤネノミコトに一言挨拶を入れていくぞ！〉

――アメノコなんとかなんて奴知るか！　誰だよ！　そんなに挨拶してほしけりゃそっちから来いっての！

〈な、なんと無礼な！〉

獣の毛並みが火炎の如く揺れ動いた。

〈アメノコヤネノミコトの侮辱は許されぬぞ！〉

――許されなかったらどうなるんだよ！　誰からも忘れ去られて、身体から魂がにゅるーんって抜けて、壊れたマネキンみたいな自分の身体を拾い集めて、公園でぼーっとせざるを得ない状態に陥るとかか？　今まさにこの状態か？

〈……ちょっと待たれよ〉

――待つもなにも、先に進みたくても進めないっての！　どーすればいいの私！

〈お、落ち着かれよ〉

――落ち着きたいよ！　疲れたんだよ！

獣は私の姿をまじまじと観察してから、戸惑うように尋ねてきた。

〈お前様は、まさかとは思うが、人か？〉

――人だよ！　人だと信じたいよ！

〈…………そうであったか〉

――そーだよ！

獣はしばらく腰を落ち着けて沈黙していたが、やがて静かに立ち上がり、私から噴き出す霞の向こうへと消えた。

独りになった。

唯一、あの獣が私を見付けてくれたのに、私は追い返してしまった。

――……ごめん。

後悔。勿体ない気持ちにもなった。

――ごめん、放っておいてほしいけど、独りにもなりたくない。

ねえ、行かないで。私は溢れ出す孤独に耐え切れず、ベンチからずり落ちて地面を這った。

気持ちとは裏腹に身体が重く、思うように動けない。自分のパーツが行く手を遮り、細かな砂利が動くたびに肌に食い込む。

待って。行かないで。私を独りにしないで。

だが誰も待ってはくれない。

目の前の道路を無情に人が通り過ぎ、断りもなく私の中へ自分勝手な思いを流し込んでゆく。

ただそれだけで、誰も振り返ってくれないし、見てもくれない。わざと無視をされているわけではなく、本当に私に気が付いていないのだ。

――誰か、私を見て。助けて。翔。翔、助けて、迎えにきてよ、翔。

私の縋る気持ちに応えて、誰かはやって来た。

それは翔ではなかった。全身が震え出すほどの大いなる力の塊だ。獣とは比べものにならない、強大なものだった。

私の霞が綺麗に両脇によけ、一本の道ができた。

その奥から、巨大な力の源が、ゆっくりと私に向かってきている。人の形をした、神だった。迫力ある獣がその傍らに寄り添っている。

私は圧倒されて身を低くした。地面に染み込むくらい、必死で頭を下げた。下げすぎたのだろうか、神の姿がやけに大きい気がした。獣が覗き込むように答えた。

〈お前様が小さくなっているのだ〉

――私の心の中を、読めるの？

〈お前様の心の内はアメノコヤネノミコトがお聞きになられた。そして私がアメノコヤネノミコトの代弁を任されている。アメノコヤネノミコトの発する音や意味には、全て力があるのだ。戯れの言葉でも、世の理を大きく変えてしまう可能性がある。特に外界では〉

そこで獣は一度言葉を切り、神を見た。そして再び私に尋ねた。

〈お前様はヒルコか？　とお尋ねになっている〉

――ヒルコ？　いえ、私は瑛です。ハトアキラ。

〈ではアワシマか？　と〉

――アワシマ？

〈どうやら、本当にお前様は人であり、自分のことが分かっていないようだな……〉

それは神の代弁ではなく、獣の独り言のようだった。

今まで沈黙を守っていた神が、

「ふふふ」

と声を漏らして笑った。声一つにびくりと震えた。

「瑛！」

私を誰かが呼んだ。奇跡は起こった。翔が来たのだ。

私が撒き散らす靄の中で、光る人の形と、翔の姿が重なっていた。

「瑛、どこ？」

――ここだよ、翔！　ここにいるよ！

翔に縋り、抱きつきたかったのに、立ち上がることさえ不可能で、ずりずりと這えば砂利や石とも砂ともつかない粒が表面を擦る。

――ここにいるよ、ねえ、翔ってば。

「ここって、どこだよ。瑛ぁ」

――下だよ、下。

それまで何故か上を見上げていた翔がようやっと下を見た。だが随分見当違いな場所だった。

「どこ？　見えないよ！」

その言葉は私の心を抉ってしまった。

見えない。そうか、やはり私は今、誰にも見えていないのだ。翔にさえ見えていない。

神と獣が哀れむように私を見下ろしていた。

私が先程まで座っていたベンチの傍に、ふわりとした毛玉のストラップを付けた携帯が落ちていた。それを見付けた翔は、不思議そうに毛をつついている。指の先で毛玉を撫で、紐を撫で、携帯の縁に触れた。

「……携帯？」

やっと携帯の存在が分かったかのように、拾い上げた。そしてその待ち受け画面を見て、

「瑛」

携帯をズボンに突っ込んで、膝を地面に突く。翔は這いつくばって私を捜し出した。鞄や私のパーツも落ちているのに、何故かそれらには全く気が付いていないようだった。

私は身体が擦れるのに耐えながら、翔の傍にぴったりとくっついた。

「瑛、大丈夫だから。大丈夫だから。待ってて、今見付けるから。ちゃんと俺が助けるから！大丈夫だから！」

神が、足音を立てずにそっと近付いた。ビクッと翔は震え、恐る恐るといった感じで顔を上げる。そして宙をきょろきょろと探った。

〈見えては、いないようだが……〉

獣が呟けば、神は小さく頷いた。そしてそっと私に手を伸ばした。その腕で私を抱え上げよう

としたのだ。しかし、
どろり。

私の身体は神の腕から零れ落ちてしまった。いつの間にか私は輪郭を失い、水分の多いジャムみたいな身体になっていた。

その気持ち悪さに、自分の零れ落ちた、多分足の辺りを見て、思わず呻き声を漏らした。

すると神は一旦私を下ろし、衣服の一部から美しい織物を抜き取って、それで私を丁寧に包み込んだ。零れ落ち、飛び散った私の欠片も、草花を摘むような優しい仕種で集めてくれた。

神は私を抱えて踵を返した。

――翔。

「瑛……？」

翔が慌てて立ち上がり、追いかけてきた。

すると獣がすかさず間に入り、翔にこう言った。

〈あの方はアメノコヤネノミコトが丁重にお迎えする。そちらは一度戻られるが宜しい〉

すると翔は、苦々しく口を結び、こくり、一度だけ小さく頷いた。獣の声も、聞こえるらしい。

「じゃあ、……これを渡してください」

そう言って、毛玉の付いた携帯を差し出した。

〈確かに〉

携帯がふわっと浮かび、獣の目の前で停空する。
そして翔は私に背を向けて、どこかへと行ってしまった。
——翔。
呼んでも応えてくれなかった。

第十二章

公園の傍に小さな神社がある。鳥居を潜り、神の声を聞いた。

「ようこそ、ヒルコ。私の宿へ」

にっこり笑って、社の扉を開けた。そしてそこへ入ろうとする。

人の大きさのモノが入るには小さすぎると思ったが、潜る瞬間に社が巨大化し、神と私はゆうと中へ入ることができた。

中は想像以上に広々としていた。清らかな空気に満ちていて、呼吸をするだけで心身共に洗われるようだ。

そこにはもう一体の獣がいた。

〈アメノコヤネノミコト、ご無事でしたか〉

「うん。無事だったよ」

〈して、これが……神とも人ともつかぬもの、ですか。渡来神でしょうか？〉

獣は胡散臭そうに私を見下ろしながら神に尋ねた。

神は弱そうな外見だけれど、感じる〝気〟はまさしく強靭。だがアメノコなんとかという記憶しにくい名で、一体なんの神なのかさえ窺い知ることはできない。

「アメノコヤネ、だよ。ヒルコ」

――アメノコ、ヤネ、さんですか。

「……うん。ヒルコ、なんの神かと言うと、祝詞の神だ。言葉に宿る力の神だと思ってもらえれば、人であるヒルコには理解しやすいかな？」

――丁寧な説明を、どうもありがとうございます。

そこへあの獣が戻ってきた。背には私の身体のパーツを乗せて、鞄や衣類は空中に浮遊している。もう一体の獣が駆け寄った。

〈ご苦労だったな〉

〈いや、近所だからそうでもない。背にあるあの方の依り代を運んでくれないか〉

〈分かった。おお、これはこれは、これほど人の姿に似た依り代には初めてお目にかかる〉

二体の獣が私の身体のパーツをアメノコの傍に運ぶと、神は腕を捲って楽しそうに組み立て出した。

「ほうほう、確かに確かに。人の身体であるな」

さっと獣が服を持ってきて、アメノコに渡した。

「これはなんだ？」

――……ヒモパンです。

「ほう。どこに着けるのだ」

――……下着でして、足から穿いて、股にぴったり当たるように装着します。

「これは？」

――……ブラジャーです。あの、もう服とかはいいので、あまり弄らないでくださいませんか？

「ヒルコ。それだとヒモパン一丁でごろんと横になっている姿のままだが、いいのか？」

――よくはないですけど……その、いいですから。

「遠慮することはない。それで、ブラジャーはどうすればいいのかな」

――じゃあ、膨らんでいる部分を乳房に当てるように肩に通して、背中でフックを留めるんです。そしてできれば、脇や背中の肉を集めてブラジャーのパット部分に乗せるようにしてください。乳首が出ないように気をつけて。

アメノコは私の言う通りにしようと必死だったが、胴体を動かすたびに腕や首はごろんと外れるし、また硬質な素材に変わってしまっていたので、寄せて上げる肉すら無い。よく見ると、乳首も無かった。でも諦めず、せっせと私の身体に服を着せようとしている。

――あの、無理しないでください。そんなに気にかけてくださるなら、なにか布でも掛けておいてください。これとか。

私はずるずると身体を動かして、巻かれていた織物をアメノコへ押しやった。

「そうしよう」

豪奢な布団を被せられた私の肉体をアメノコは満足げに見下ろし、その足元に私は蹲った。

移動するたびに畳の目に身体がめり込み、擦れ、減ってゆく。痛みはないが、自分の表面がこそげ取られる感覚は、よいものじゃない。

〈お運びしよう〉

獣によって冷たい石盤の上に乗せられた。傍には濁りが全くない丸い鏡があった。それに映った自分自身を目の当たりにし、言葉を失った。

真っ白い、ジェルみたいだ。手足はおろか、目も口も鼻も耳も髪の毛も無い。予想していたよりもずっと大きな衝撃があり、私は白い表面を震わせ呻いた。

——う、うう、……。

「ヒルコ。お前はきっと人だったのだろう」

アメノコが私の傍にしゃがみ、鏡越しに私を見つめて言った。

「しかし、今のお前はヒルコだ」

——ヒルコってなんですか。

「神」

神。

その言葉はいまいちリアリティがなかった。今のこの不可解な状況下であっても、私が神だという理解に至らない。馬鹿にされているようにさえ感じる。

——言っている意味が分かりません……。

「分かりたくないだけだろう？」

図星を突かれ、ぐうの音も出ない。

「だがヒルコ、お前はすでにヒルコだ」

――だからヒルコって？

「形のない神の、総称」

とアメノコは答える。

「名のない神かもしれない。もしかしたら、神になれない神かもしれない。いずれ神になれる神、という言い方もできるかもしれない」

――今度こそ本当に、言っている意味が分からないんですけど。

ふふふふ、アメノコは笑う。

「分からないことこそが、ヒルコの証だ」

神の言葉が、私の中に染み込んでくる。私は、ヒルコ、なのだろうか。

納得しかけた時、かっと怒りが目の前を真っ赤に染めた。

――そんなわけないじゃん！　私、人だから！

意地だった。人としての誇りだった。

――こんな気持ち悪い姿、絶対やだ！　人に戻して！　なんでこうなったの！　どうして、なんで、もうここは八部柵じゃないじゃん。そうだ、私の身体、あれって死んだの？　バラバラになって、死んだの？　だから私、こんなことになってるの？　死んだんだ。消されたんだ。やっぱり消されたんだ。

「違う。お前は死んだのではない。ヒルコになったのだ。消されたのではない、ヒルコになったのだ」

――うそうそうそうそ、嘘！　信じられない。神とかになる意味が分かんないもん。なにが本当でなにが嘘で、なにが真実なのか分からない。今の姿を受け入れることは嫌なのに、これが現実なのだと分かっている自分も嫌だ。心が擦り切れるまで否定し続けたい。

――誰も信じられない。私に関係することなのに、全部全部分かんない！　説明してよ、釈明してよ、ダルマも、世界も、私が納得できるように言い訳しろよ！　なんだよ、もう！　こんな世界、なくなっちゃえよ。どうせ大した世界じゃないじゃん！

自分の叫びを聞いて、我に返った。そして神を見上げた。優しい微笑みをたたえている。

――嘘です。……今言ったことは、嘘。

「本気だったようだけれど」

――ほ、本気だけど、嘘。嘘なの、だから、どうか……この願いは叶えないでください。

この身体では土下座さえできない。それでも石盤の上に真っ平らになるくらい身体を押しつけた。

アメノコはゆっくりと言葉を紡いでいく。

「ヒルコよ。お前はヒルコだ。だが人だ。神だが人だ。すでに神だがまだ人だ」

神の言葉は私に染み入り、今度は抵抗をしなかった。

傍にある鏡を覗き込む。そこには凝った白いジェルの塊が映り込んでいる。神には見えない。人にも見えない。

アメノコはもう一度繰り返した。

「ヒルコよ。お前はヒルコだ。だが人だ。神だが人だ。すでに神だがまだ人だ」

するとどうだろう、私は段々ヒルコであるような気がしてきた。人でいるような気もしてきた。

鏡に映る自分の姿は、どうしたって神からも人からもかけ離れているが、自分が何者であるか、分かったような気がした。

「どれ、もう動いてもこそげ取れることはないだろう」

――え?

さっと、アメノコは畳のところへゆき、しゃがんだ。

「こっちへ来てごらん」

――は、はい。

私はそうっと石盤を這った。そして畳の上にずるりと落ちる。その瞬間、身体がこそげ落ちた時の感覚を思い出し、ありもしない全身の毛が総立ちとなった。それでも己を奮い立たせて、そっとアメノコに向かって這い出した。

――あ、凄い動きやすい。

するするとアメノコの傍に行けて、広げられた腕の中に収まった。まるで小さな子供が親の傍に駆けていったような場面だった。

「生まれたての神だからな、子供のようなものであろう」

——……。アメノコはなんで、私の心の中が読めるの？

「お前は外に居て、人の心を読んだりはしなかったか？」

——読んだというか、勝手に入り込んできたけど。

「それと同じだ」

——でも、……アメノコは靄を出してない……よね？

私のぶよぶよした身体からは、未だに一定量の靄が放出されている。それは天井に吸い込まれていくので、辺りに濃霧となって留まることがないだけだ。

「その霞のようなものが一体なにであるか、分かるか？」

——さぁ？

「その靄は神の身体なのだ」

——でもアメノコは靄じゃないし、なにより人の姿にそっくりだよ。

「そうだな、私は人の姿に近い。血も巡れば涙も流す。人のように交わり子をつくることもある。風に髪が揺れるし、火にあたれば熱く、雨に濡れ寒さに震え暑さにうだる。神と人は同じ世界で生き、同じように食事をし、眠り、欲に走る。違うのは、肉体があるかどうかだ。神には肉体が無い。靄。それが神だ。靄の核となるのがこの姿。靄を合わせて神なのだ。人も似たような靄を持っている。魂という名のついたものがそうだ。ただその魂は肉体で守られていて、外にはなかなか出てはこない。だから心の中も辺りに漏れ出さない。しかし、神は靄を出しっぱなしだ。靄の中に魂が入ると、その魂の中が見えてしまう。魂の方は肉体に入っているので、こちらのことは分からないのだ」

――でも……私の方がアメノコよりもいっぱい靄が出てるのに、アメノコの心が分からない。

「分からないようにしているのだよ。ここは私のためにつくられた結界の中。私の都合のいいようにできている」

ふふふと笑ってアメノコは私の表面を撫でた。

「さて、では話してもらおうかな。一体なにをしでかして、このような姿になったのだ」

なにもしていない、という言葉をすんでのところで飲み込んだ。

私はダルマにお願いをした。強制されたとはいえ、あの数々の望みや願いは、本物だった。叶えてくれたダルマは悪くない。でも、私も悪くはない。それでも、責任はある。恐らく、共同責任だ。

――世界を、変えました。

アメノコは目を丸くした。しかしすぐに愉快そうに笑い出した。

「なんと。ふふふふふふ、はははははは、ふふふ、これは恐れ入った。愉快だ。愉悦だ。おい、ビールを持て。酒盛りだ。ふふふふふふふ」

獣達がどこからともなく冷えた瓶ビールとつまみを持ってきて、ものの数分で宴席と変わった。

獣達も剛毛を泡まみれにさせてビールをかっ喰らっている。私は浅い皿に注がれたビールに触手のように身体を伸ばし、触れた部分から染み込んでくる芳しい麦の酒にうっとりした。

アメノコも幸せそうにビールをごくごく飲んでいる。

そういえば、ダルマもウィスキーの瓶を手にした時は喜々としていた。

エビスビールの瓶が数本空になった時、アメノコは悦に入った声でもって尋ねてきた。

「しかし、ヒルコ、お前はその時はまだ一介の人であったのだろう？　どうやって世界を変えた？」

――ダルマにお願いをしてしまったんです。ダルマの姿をした神様に。

「ダルマの神？」

――はい。白いダルマの姿をしていて、福山大明神っていう神社に居る、変な神です。

「ほう、そんな神が居るのか。しかし、そいつもバカな神だな」

獣が焦る。

〈滅多なことを口にしないでください〉

〈その神が本当にバカになったらどうするのですか〉

「もう既にバカなのだ、これ以上バカにはなるまい」

ぐいっとビールを喉に流し込み、唇を舐めてからアメノコは言う。

「世界とはこの世の理、基盤だ。それを変えるなど、バカにしかできないだろう。いかに人間にお願いをされても理を崩すような真似はしない。第一、人の願いを叶えるために神が居るわけではないのだから、無茶な願いを聞き届ける義務はない」

――じゃあどうしてダルマは。

「バカな上、暇だったのではないかな」

力が抜ける答えが帰ってきた。

「暇で暇で、寂しくて寂しくて寂しくて、我慢ならなかった。そこに、理由は分からないが相手をしてくれる人間が現れた。嬉しくってもう、堪らなかったのではないかな。構ってほしくてどうしようもなかった。だから」

それからアメノコは言いにくそうに、ああ、うう、と唸ってからビールを口にする。

「ヒルコ、お前も分かるだろう？　その感覚が」

思い出したのは、公園での孤独だった。誰も気が付いてくれない。なのに、あっちの思いだけは伝えられている。その悔しさと悲しさ、苦しさ。

——少しだけ、分かります。

「ダルマの神、か。なんとバカな神だろうか」

ビールがまた空になった。

もう夜だろうか。社の中に入ってからどれくらいの時が流れたのか分からなかった。

アメノコはゆっくりと、私の身体のパーツへと顔を向けた。そしてくいっと顎をしゃくった。

獣が音もなく飛び上がり、私の荷物の横に着地する。そして携帯を探し出した。

「それだね」

——あ、あの。携帯がなにか？

「ダルマの神とやらが、居る」

携帯の待ち受けのことだろうか。

……それはダルマではなく、ダルマが勝手に拝借した姿の、本来の持ち主の画像ですが。

「画像？　ダルマの神とやらは毛玉なのか？」

——え？

獣が携帯を持ってくると、アメノコはストラップの毛玉を、触れるか触れないかという微妙な位置でそっと撫でた。

すると、アメノコの指先に白い膜のようなものが僅かに浮かび上がった。

それは私の身体からこそげ落ちる白いジェルにも似ている。

「ダルマの神は、この毛玉に触れただろう？　この白いものが、ダルマの神の一部だ」

そういえば、毛玉をくっつけた時に随分嫌がっていた。あれはくすぐったいとかではなく、身体をこそげ取られていたのだろうか。

アメノコはダルマの一部をじっと見ていたが、ふふふ、と低く笑い出した。

「これはこれは。なんと愉快だろうか。ヒルコよ、お前はなんと面白いものと関わりを持ったのだ。そのダルマ、ヒルコだ」

——ヒルコ？　ヒルコって、私ではなく？

「ダルマの神とやらも、ヒルコだ」

——つまり、でき損ないの神？

「ふふふ」

いきなり、アメノコはエビスビールの瓶を、どん、と私の前に置いた。ラベルがくっつくくらいの至近距離だった。

「ヒルコは珍しい。大抵は、生まれてもすぐに泡となって消えるからだ。だが、まれに消えぬ者もいる」

――それが、ダルマ？

私は瓶から離れ、アメノコはふふふと笑う。

「ダルマの神がバカな理由、それは神としての常識がないということ。自分のしたいことに全力を尽くす。神として生まれ、神として育ち、神としてある神が、思わず躊躇することを、躊躇しない」

アメノコはビールを私の上にとくとくと注いだ。ビールは床に零れることなく、私の中に染み込んでいく。

「そして、ダルマの神は世界を変えた。単なるヒルコではない、ヒルコムスヒだ」

――ヒルコとヒルコムスヒってのは、違うの？

「似ていて非なるものだよ。ふふふ。ムスヒとは原則、創造を司る。ダルマというヒルコムスヒは、お前の言う通りに世界を変えた。世界をつくったのだ。その時点でダルマというヒルコはヒルコムスヒだ。ところでヒルコよ。一つ聞こう。お前は神になりたいと願ったか？」

――……いいえ。私は、人がいい。

「なるほどなるほど。どうりで」

アメノコは自分の器にエビスビールを注いで、空瓶を獣に渡す。すると獣は新たな瓶を私とアメノコの間に置いた。このアメノコという神、弱そうな外見なのにかなりの酒豪である。

ビールを口に含んで一拍置いた。

「ヒルコよ。お前は人でいたかった。そして神の自覚はなかった。むしろ、世界が変わっている最中、なにが起こっているのかすら分からなかった。違うかな？」

——違いません……その通りです。

刹那、私は物凄い力でふっ飛ばされた。

気が付けば私はびちゃっと自分の肉体に貼り付いていた。痛みはないが、驚き、どう反応をしていいのか分からない。

——な、なにを……。

「いや、……思いきりぶつければ中に入るかと思って」

優し気な笑みのままアメノコは言う。肉体の中には入れなかったものの、私は衝撃の凄まじさから剥がれなくなり、正直焦った。どうにか自由になろうと表面を震わせると、やっと端の方から徐々に剥がれ出した。

「無理だった」

身体はようやっと半分ほど自由になれたが、ペラペラのまま元に戻らない。どうやら、単に力ずくでぶっ飛ばされただけではなさそうだ。

私はやっと肉体から身体を剥がし終え、へしゃり、と畳に舞い落ちた。平べったいまま、ジェルの塊にも戻れず、自力で動くこともままならない。

――ちょっと、一体どんな力を使って私を貼り付けたの。

「……相当の力を込めてみた」

――全然元に戻らないいんだけど。

「相当には足りなかったから、一つになれなかったのだ」

――でも、言葉の神様なんだから、私に向かって『元に戻れ』って命令すれば、すんなり戻ったりしないいんですか？

「できないこともないが。しない」

――そんなあ。できるなら、してくださいよ……。

「無理ではないが、しない」

頑なである。

「矛盾が増えるだけだからだ」

――今更矛盾の一つや二つ増えたって、世界は気にしないと思いますけれど。

「大いに気にするだろう。世界の理と戦っているのはダルマの神だ。そこに別の力が加わったら、世界は更に混沌と化す」

アメノコの指の上でダルマの一部が揺れ動いている。

「この世は、一筋の考え、一本の理屈でつくり上げられているのとは違う。お互いに欲ばかりをぶつけ合っていては事は進まないだろう？　だからダルマも世界の理も譲歩や妥協をしてきたに違いない。欲が縦糸ならば妥協は横糸だ。複雑に編み上げられ、一枚の布になる。どれが一本外れてもいけない。一体どんな譲歩だったのか、それは私には分からない。だが見る限り、今はかなりの瀬戸際だ」

ふふふ、ふふふふ。アメノコのふふふ笑いが止まらない。かなり酔っぱらっているのかもしれない。

「ダルマは、お前を人にしておきたかった。しかし世界は、お前を人にしておくことはできない。恐らく、もうお前を人で済ませておいては成り立たない世界になってしまっているのだろう。だがお前には神の自覚はない。人であると言う。しかし、現にお前は人の中に入れない。すなわち人ではない。人であり、人ではない。神ではなく、神である。つまり、かなり純度の高いヒルコだ」

ふふふ、ふふふふ、ふふふ。

〈ア、アメノコヤネノミコト、しっかりなさってください〉

〈この地のあなたは和魂《にぎたま》ですぞ。荒魂《あらたま》ではないのですぞ！〉

「分かっている。分かっているとも。だが見てみよ。こんな愉快なことはそうそうないぞ。それに感じるだろう？　世界の力がここまで及ぼうとしている。ヒルコが人の身体から出たのは恐らくダルマの力の領域を出て、世界の力にどっぷり浸かってしまったからだ。そのヒルコがここにいる。私の傍で世界が変化し始めている。お前達、決して社から出るな。世界の力に飲み込まれるぞ。もしかしたら、ダルマの力にも飲み込まれるかもしれない」

その時、ぞぞぞっと獣達の毛が逆立った。

そして、獣達は同時に扉を振り向いた。

〈世界の理でしょうか〉

〈とても、奇妙な力を感じます〉

アメノコの目がすっと細められる。そして私をそっと抱き上げ、扉の傍に座った。

来たのは、翔だった。

鳥居を潜り、手を鳴らし、鐘を鳴らす。社の中からはその様子が、まるで鮮明なテレビ画面を観ているように窺うことができた。

「まだ出てこないの」

胸も無いのに、ドキンと胸が痛んだ。

「俺はね、呼びたい派なんだよね」

二体の獣がアメノコの両脇に座って、鋭い眼差しで翔を見据えている。その視線に気が付いたのか、翔は素早く左右に目を走らせた。

「俺は……呼ばれることはできるんだけど、呼ぶことはできないんだ」

〈あの青年は使いですな〉

獣が言った。どういうこと、と尋ねる前に、アメノコが口を挟んだ。

「うん。あの青年からはお前達と似た力を感じる。すなわち、使いとしてこの世に生を受けたということだ。世界の理に沿って生まれたみたいだ。一方で人間としてまっとうな気配も感じる。

使いとしての存在と人としての存在が均等に混ざっている」

人である存在とは、ゆかりのことだろうか。

「使いは神ありきの存在だ。あの青年が傍にいるべきと本能で感じるのは、ヒルコ、お前だ。そのように世界の理ができあがっている」

――それで翔は、私を追って東京に来たの？

「そうのようだ」

その時、翔がおもむろに、扉に手を伸ばした。さっと獣が立ち上がり、アメノコが身構えた。

キィイイイ。

そんな音が微かに聞こえ、社の中の空気が揺れた。アメノコは物凄い形相で扉を睨み、獣は牙をむいて今にも飛びかからんばかりだ。

だが翔はけろっとした顔で扉から中に入ってきたのだ。私を捜してくれている。たまらなく嬉しくて、私はアメノコの膝から下りると、翔の方へと這った。

――翔！　翔！

私の声に、翔がこちらを見た。そして、思いきり顔を顰めた。おぞましいものを見つめるような、不快と恐怖が入り交じった表情だった。

――あ、
私は自分の姿を思い出した。

翔はしまったと思ったのか、すぐに笑顔を作った。

「あ……瑛、だよね？」

――や、やだ。

「……」

ずりずりと後ずさる。身体がこそげ落ちる。

――見ないで……。

私はヒルコ。白い、ぶよぶよした塊。あぶくとなって消えてしまうような脆いモノ。醜く、キタナラシイものだった。

こんな姿を見られたくない。私は必死でアメノコの後ろに隠れた。

「瑛、待って」

――ヤダァ！

その時、二体の獣が猛然と翔に襲いかかった。

「やめよ！」

アメノコがすんでのところで制したのは、なにも翔を殺さないためだけではなかった。翔の身体は白銀ともいえる光に包まれていて、それが獣に向かって剣のように伸びていたのだ。

「出ていけ」

神の言葉に、翔は光を収めた。そして私を一瞥して、社から出ていった。

緊張が解け、アメノコは私を抱きかかえた。

――見られた、嫌そうな顔してた。あんな顔……。もう消えたい。こんな姿でいるくらいなら消える。死ねないなら消える！

「ヒルコ、駄目だ。本気で考えてはならぬ。神は人と違い、肉体が無いのだ。人は消えたいと思っても肉体があるため消えぬが、神は消えたいと思えば容易く消えてしまうのだ。消えたいだなんて思うな。そしてお前はヒルコだ、ヒルコはいとも容易く消えてしまうのだ、だから考えてはならぬ！」

アメノコの言う通り、私の身体はまだ柔らかく蕩けていた。畳に擦れるたびに表面がこそげ落ち、抱きかかえているアメノコの指が埋まる。

消える。自分でも思った時、どこからか微かに、聞き覚えのあるメロディが流れてきた。携帯の着信メロディ。

私が初めて買ったＣＤに収録された、大好きな曲だ。大好きすぎて、今まで誰の指定にもしていなかった。それを指定したのはつい最近のこと。

——サモンジだ。

ずるずると音の方向へ這った。だが私の身体はどろどろで、這うというよりも蠢くことしかできない。まだ曲は鳴っている。そうだ、一曲歌い終えるまでは出ないと言ったから、きっと一曲分は待ってくれるはずだ。

だが、無情にもぷつっとそれは消えた。

悲しみが押し寄せ、今度こそ消えてしまいそうだ。

獣が慌てたように毛玉を爪で摘まみ上げた。

〈案ずるな。案ずるな〉

携帯は、留守電設定になっていた。再生しようとしても私の今の身体ではボタンが押せなかった。それどころか、隙間から中に入り込んでしまいそうになる。

〈大丈夫だ〉

獣は器用にボタンを操作した。やがてサモンジの声が明瞭に聞こえた。

「もしもし、瑛？　……えっと太一だけど。そのさぁ、あー……また電話するすけ……じゃあ。また」

切れた、と思ったが、まだ録音は続いていた。しばらく無言だったが、再びサモンジの声が聞こえた。

「その……、曲がさ、できたんだよ。その……、前に裏町で弾いたやつ。あれ。だからさ、あー、聴いてほしいなぁって思って。いつ帰ってくる？　待ってるすけ。じゃ、また」

急に私の目の前が開けた。今まで私を満たしていた悲しみがサーッと引いていく。全部は引ききらなかったが、消えそうに泡立ちつつあった私は、少し前の滑らかな表面に戻っていた。

私は私の身体だったモノの傍にゆき、この中に入れやしないかと、必死で貼り付いた。

この中にさえ入れれば、少なくとも見た目は人に戻れる。

サモンジに会える。翔に気持ち悪がられずに済む。しかし、アメノコの力でもってしても戻れなかったのだ、私がへばりついたくらいでは、染み込むことすらできなかった。

――……。

翔が私の姿を見ることができたのは、世界の力が翔を神の使いにしたからだろうか。サモンジも、私とダルマのせいで随分と変わってしまっていた。サモンジにも私の姿が見えてしまう可能性がある。別の考え方をすれば、人の身体に入れずとも、サモンジに会える。

アメノコを見れば、線の細い男の姿。

――……頑張れば、私もアメノコみたいに人の形になれるかな。

「形を整える行為は無駄ではない。すなわち神としての核をはっきりとさせるわけだから、力の制御にも繋がる。神としての己の自覚にも繋がる。さっきのようにちょっと不安になっただけで消えかけるなんてこともなくなるだろう」

アメノコは言葉を一旦切った。

「だが……ヒルコ。神として自覚を持って、それで後悔は、しない？」

後悔は、きっとするだろう。私は人でいたい。でも、人には戻れないのだ。翔にも気持ち悪がられて、恐らくサモンジにも気持ち悪がられる。人に戻れないなら、せめて、まともに見られる姿になりたい。

けれど決心を口にできなかった。アメノコに抱き包まれて、私はしばらく丸くなっていた。

やがてアメノコはすっくと立ち上がり、私の上に手をかざした。

「ゆくぞ」

――……うん。

第十三章

「まずは頭。丸いものの下に細長い筒状のもの、首がある。そして肩があって、胴体。肩からは二本の腕が伸びている。胴体の下には二本の足」

アメノコの言葉によって、私の意志とは無関係に身体が形成されていった。

いつしか私は白い人形《ひとがた》になっていた。でもそれは、白い紙粘土で子供が作ったような不細工なもので、表面は不安定に波打っている。

「うーん。……歩ける？」

試しに足を動かしてみると、バランスは悪いがちゃんと歩けることは歩けた。しかし、前後の感覚がないので、わざわざ振り返るという動作をしなくても、意識を後ろに持ってゆくだけで、前後が入れ替わる。

――歩けそう、だけど……変な感じ。

人だった頃は、目で周囲を見ていた。だが今は、足の部分でも手の部分でも腹でも背中でも、辺りの様子を窺うことができる。頭がどこにあっても、例えば足の裏が頭だとしても支障がない。白いジェルが、ただ人の形になっただけだった。

しかも堪え性がなく、私はとうとう疲れ果てて元のジェルに戻った。骨も無く、ただ細長いだけの足では身体を支えきれないし、胴体もぐにゃんぐにゃんと動いて全くバランスが取れない。正直、疲れる。やはり人間、骨は必要だな。それが結論だ。

――なんか、いきなり人間の形ってのはハードル高いみたい。

「そうか？　なかなか上手かったぞ」

――試しに色んな形になってみる。

私は色々考えてから、まず身体をできる限り平べったくしてみた。薄い氷のように、一枚の紙のように、透き通るほどに薄く――できた。びっくりするくらい簡単だった。

次は四角く、次は真ん丸。その次は星形……どんどん複雑な形に変化しても、それは人になるよりずっと容易で疲れもしない。

紐のように細長くもなってみた。中心に穴を開けてみた。それどころかぼつぼつと沢山穴を開けてみた。長い紐になってチョウチョ結びにもなってみた。

また、ある程度なら、身体の大きさを変えられることに気が付いた。拳大から大人二人分の間なら、まあまあ思った通りの大きさになれる。しかし、最大サイズになると、判断能力は曖昧になり、止まっているものをよけて動くのも難しい。

感度が最も鋭くなるのは最小サイズの拳大。拳大で白くて丸い自分の姿を鏡で見ると、なにかを思い出してしまう。これにマジックで描いたような顔をつけたら、まさしく奴になってしまう。

――あいつ……。

一番バランスが取れるのは、やはり原寸大のジェルである。


社の前に翔が立っていて、獣達が緊張して翔を睨んでいる。

翔は紙袋を抱えていた。その中から紙の包みを取り出して、社の前に置く。いい匂いがした。

そして、その横に腰掛けた翔は、同じ包みを取り出し、紙を捲ってかぶりついた。興味にかられた獣がそっと扉を開けると、

「八ヶ岳バーガーだってさ」

と、翔が教えた。

「ちょっと瑛と話させてくれる？　大丈夫、中には入らないすけ」

獣は八ヶ岳バーガーをアメノコに持っていき、私は警戒しながらも扉の傍に移動した。

「そこにいる？」

――……。

「サモンジから連絡来た？」

――……。

「俺には来てないけど……新曲できたみたいだね」

――……。

「……でも、あれはきっと……駄目だろうなぁ」

——駄目って？

「お、やっと口きいたな」

——……。

「あの曲、本当は夏にあるフェスのオープニング曲のはずだったんだ。……瑛、聴いてみた？」

——聴いてない。

「あいつは呼ぶ方だからな、俺は毎晩聴かされてら。眠っても耳さ入ってくる。東京と青森だぞ？　なのに聞こえるんで？　はー呼ばれる方ってのも辛いわ」

——呼ぶ方と呼ばれる方って？

「俺が呼ばれる方。んで、サモンジが呼ぶ方。俺自身それがどいった存在意味なのか分かんないけど、瑛が呼べば、すぐ行くよ。呼ぶ方については自分で考えて。俺はサモンジの世話係じゃないし。あんな未練たらたらな曲を毎晩垂れ流してる奴なんて死ねばいいと思ってる。安眠妨害にも程がある。あの曲止めさせるためにも、早くサモンジに呼ばれてほしいんだよね」

——呼ばれてって……、外に出ろってこと？

「サモンジは、俺みたいにここには来ないよ。ってか、瑛がどこに居るのかさえ分かってないよ。あいつは呼ぶ方だもん。呼ばれる方じゃないもん」

——でも、でも……この姿では外に出られない。

「確かに、それってどう見ても人じゃないしな。でもまー、俺は瑛がどんな姿でも平気だけどね。俺がっていうより……まいっか」

――……嘘つき。

「俺が？」

――平気なわけがないよ。とても嫌そうな顔をしてた。気持ち悪がっていた。

「そうだよ。気持ち悪いよ。でも、そう思っても仕方ない姿だって分かってらべ？　それに、瑛だって最初俺のこと見た時、随分と酷い反応してくれたしさ。俺は信じてたのに。瑛は俺のことを唯一認めてくれてるって。でも、最悪。酷い。瑛は俺を見たら、最初にゆかりのことを思い出す。……俺だって、もしも瑛が人の姿になっても、きっとその白くてドロドロの姿を思い出すよ」

――……。

「とは言うものの、俺はやっぱり、ゆかりでもあるんだよな。たまに、ゆかりって呼ばれたい。あたしを見付けてほしいし、俺を見ていてほしい。どっちも、認めてほしい。瑛以外の誰もあたしを認めてくれない。俺を受け入れてくれない。今は、あたしを含めてが俺なのに、俺の半分しか愛してくれない。ほーら、まだこんな風にゆかりが交ざる。俺を見てゆかりを思い出されるのは、凄い負けた気がするけど、嬉しい」

食べ終えたバーガーの紙をくしゃくしゃっと丸めてから翔は立ち上がった。ズボンの埃を払ってから、すっと空を指差す。

「あっちな。じゃあ瑛、俺の安眠のためにも、怨念みたいに消えないあいつのためにも、呼ぶ方の自覚を持ち始めたあいつのためにも、早くサモンジの歌聴いてやってよ。あいつ、多分死ぬまで待ってるから。ほら……前に、無念な死に方してっからさ」

そして、振り返りもせず神社から出ていった。

待っててくれてる。そうか、待っててくれてるのか。


人の世界の時間で数日、というほどだろうか。自分なりに沢山練習して、だいぶイメージができたと思ったので、今度はアメノコの力を借りずに人の姿をとってみることにした。

上手くいった。ちゃんとした人間の形になれた。けれど、それだけだった。頭があって、腕があり、足がある。そんな白い、物体。

――妖怪か。

鏡に映った、のっぺらぼうな、真っ白い姿。自分のことながらぞっとして、ジェルに戻った。この姿が一番楽だった。

鳩瑛の解体されたマネキンのような姿からは、まるで生気が感じられない。

人の姿を手に入れることは、ついに叶わなかった。人形《ひとがた》に似た、のっぺりとした姿にはなれるのだけれど、その先に進むことができない。

幾度繰り返したか分からない変身に疲れ果て、とうとう匙を投げた時、アメノコも獣達も声を掛けずに、そっと私の表面を撫でてくれた。労いと慰めが沁みた。

今となっては鳩瑛であったことが不思議だった。

「ヒルコ。お前の神としての核は、その白い姿のようだ。そして変幻自在。それこそがヒルコのヒルコたる所以」

アメノコの言葉に私は落胆し、同時にぽつりと羨望が芽生えた。

——ダルマはいいなぁ。

あの白い塊は、私のおかげで『生まれ変わるならあの姿になりたい』ランキング男性編第一位に輝く人間になっている。日本人男性の願望を、望んでも願ってもいないくせに手に入れたわけだ。

ダルマが私の頭の中を覗いたように、私もアメノコの社から飛び出して、周りを行き交う人間の強烈な欲望からイメージを拝借でもすれば、人にはなれるかもしれない。上手くいけば、話題沸騰の美少女の姿になれる可能性もある。

だがそんな姿になった私は、果たして私だろうか。いや、『私』ではないな。それにその姿が女であればまだしも、男の姿になってしまったら、それこそどうやって生きていけばいいのか分からない。

ダルマは何故平気なのだろう。そして、そもそもダルマって男だったのだろうか。謎だ。

とはいえ、今の自分も男か女か分からなくなっている。男だろうが、女だろうが、どっちでも構わないし、むしろ性別の必要性が感じられないのだ。

ヒルコなのである。

そもそも私は本当に、女だったのだろうか。

いや、それ以前に本当に、鳩瑛、だったのだろうか。

……

鳩瑛……

ハトアキラ……

イツカラ、ワタシハ、ハトアキラ、ダッタノダロウ

疑問に思ったのと、アメノコが叫んだのと、身体が浮かんだのは、ほぼ同時だった。してはいけない覚醒だった。後悔したが、もう遅い。

私は宙に浮いて物凄い勢いで回転していた。真っ白な、歪みの全くない球体となり、さながら小さな惑星のようだった。

「――ヒルコ!」

私は、私は、いつから鳩瑛だったのだ。

八部柵が変わる前は、ダルマに会う前は、福山大明神を見付ける前は、私は一体誰だったのだ。

ワカラナイ

思い出すのは私の一番古い記憶。花見で自衛隊の敷地が一部一般開放されて、生まれたばかりの弟と両親の四人で弁当を囲み、若干ご飯を詰めすぎたおいなりさんを食べている。

ちょっとした大人気分を味わったのは、小学校の頃。二千円を握りしめて、初めて両親抜きで

街に赴いた。街はその頃、大人の行く場所だった。子供だけで行ってはならないと学校の先生に言い含められていた。今ではしょぼいとしか思えない喫茶店がオシャレに見えた。イトーヨーカドーの最上階のレストランフロアのディスプレイや子供向けのアトラクション。

中学時代、CDショップで初めてCDを買った高揚感。でもレジに持ってくのがちょっと恥ずかしかった。高校生が立ち寄る服屋にドキドキしながら入ったり、絶対に買えないブランド物の鞄を鏡の前で提げてみたりもした。

ファーストブラを奇妙な気分で買ったのも街の下着屋だ。

最初のデートも街だった。街からちょっと離れたところにある長崎屋のファンタジードームは、さながら東京ドームシティだ。そこで初キスになるやと思ったら、はしゃいだガキ共に邪魔された。今思えば私も十二分にガキだった。

吹雪の中、来ないバスを待ちながら食べたカップラーメン。イナゴの群れに追いかけられて統率を乱した運動会。

高校、バスケ部の最後の試合、後になってから負けた悔しさが込み上げてきて、打ち上げの焼肉屋で泣いてしまった初夏。手すりのない野外スケートリンクで作りに作った膝の青タン。田んぼのど真ん中にある海鮮センターの回転寿司と雪花菜《おから》ドーナツ。その隣の本屋で英語の参考書と赤本を買って、何故かしみじみした一瞬。

線香の香るお盆。岸壁から見上げた打ち上げ花火。寒修行の鉦の音。三社大祭のお囃子と、豪華絢爛な山車の行列。ふっと鼻腔を大晦日の香りが通り抜けた。

ああ、雪の香りだ。

コレハダレノキオク
母の顔が、父の顔が、弟の顔が、遥か遠くに消えていく。

幼稚園で、誰かと手を繋いでいたはず。あの温もりが、消える。

祖母の顔が、祖父の顔が、遠くに逃げていく。

小学校に入ったばかりの夏、誰かと二人っきりで花火をした。あの火薬の香りが、消える。

友達の顔が、幼馴染みの顔が、親友の顔が消える。

待って、待って、待って。

必死で追いかけても、それは闇の中に吸い込まれ、私の記憶からあっという間に消えた。

ぽっかりとした気分だ。

無心に近い。


私は清らかな場所で、穏やかな心を中心に据えて、回転していた。

「……ヒルコ……」

私は無心で回る。ぐるぐる回る。

「ヒルコ……お前はヒルコでありながらも、まずは人としての生を全うする権利がある」

アメノコは、私と同じような白い塊の一部を取り出した。

ダルマの残滓である。

それをアメノコはきゅっと握り潰した。そして、床に寝そべるマネキンみたいなパーツから布を剥ぎ取り、ダルマの残滓をふっと吹きかけた。細かな白い粉は、煌めきながらパーツへと染み込んでいく。

アメノコは次に、宙を撫で上げるように手を掲げた。

「アマットリ」

その言葉に反応し、私の身体が転変を始めた。回転が無理矢理止められ、一度ぐにゃんと歪み、再び球形になると、羽ができ、煌めく白い鳩となった。

身体は嘘のように軽い。

羽ばたけば思うがままに飛び回ることができた。社の中を周回してアメノコの肩に止まった。嘴でアメノコの耳をツンと突くと、神はちょっとくすぐったそうに笑う。

「そっちも、アマットリ」

今度は五体のバラバラの肉体が浮き上がり、六羽の鳩になった。

私の持ち物も次々に鳩へと形を変えていく。

「これは私からのお守り」

そう言って、アメノコは綺麗な織物を私の背中に掛けてくれた。アメノコの服の一部で、私の肉体に掛けていてくれたあの布だ。

するとそれは私の背中から尾にかけて見事な飾り羽に変わった。長くひく尾羽からは、きらきらと光が絶えず零れている。

「さ、行け」

アメノコが肩を動かし、私は飛び上がった。

でも私は再びアメノコの肩に止まった。どこに行けというのか分からないのだ。

「不安がることはない。ヒルコ。呼ばれるがままに行け。あるべき場所に行けばその姿は解ける。絶対とは言えないが、ダルマの神の力で人の身体の中に入れるだろう。人として生きられるかどうかは、お前とダルマの神のやりよう次第だ」

鳩になったパーツや持ち物がクルクルと鳴いている。

あるべき場所とは、恐らく八部柵のことだ。

「本当のことを言えば、私はお前にずっとここに居てほしいと思っている。だがお前はずっとここに居ては駄目なのだ。お前には居るべき場所がある。私がここに居るべきなのと同じようにな。……もしも、故郷で思うようにいかなければ、またここに戻ってくればよい。その尾羽が標となってくれる」

私はクルクル鳴いた。

「……では旅の無事を祈っている」

寂しさが私の心をつまんだが、社の扉が開き、外気が入り込んできて、私はその清々しさと眩しさの向こうに、誰かが強く呼んでいる声を聞いた気がしたのだ。

「空高く舞い上がれ」

思いっきり私は羽ばたいた。

私を先頭にし、鳩達は群れを作って大空を舞う。

縦横無尽に、私は思いっきり飛び回った。東西南北上下左右、分からなくなるくらい、ぐるぐるぐるぐるぐるぐるぐる飛び回った。

そして決心して一つの方向を見定めると、ぐんっと大きく翼を動かし、今度は他に目もくれずにその場所目がけて首を伸ばした。

スピードが上がる。周りの景色が溶ける。迷いはなかった。頭の先っぽに感じる波動のような確信。向かう先に私の目的地がある。

聞こえる。

私を呼ぶ声がする。

それは仄かにピンク色で、でも灰色で、どこか夕焼け色でもあった。悲しい言葉だった。

誰かに知ってほしいという願いだった。でも、誰でもないただ一人だけに知ってほしいという望みだった。それは誰もが思う。ありきたりな。思って当然。その声にはどこか独善的な感情も含まれていた。自分さえよければどうでもいい。世界がどうなってもいいから、どうか自分を救ってください。

その思いは嫌いじゃない。でも、やっぱりそれは誰もが思うことだ。殆どの人間は、その独善を見ないふりをして生きている。そして、どこかの誰かが苦しみながら絞り出した歌や言葉に感情移入したり、もしくは好き勝手に文句をつけて、満足する。

でも、これはただ、唯一の誰かに向かってだけ奏でられた思いだった。私に向かって綴られた言葉だった。

私のものだった。


どうか僕を忘れないでください。どうか僕を見付けてください。でも僕の情けない姿を見て、哀れまないでください。僕は醜いので、見ないでください。でも、朝会ったら笑いかけてほしい。一緒に学校に行きたい。玄関で別れて、帰りはまた一緒に帰りたい。それだけでいい。でも、僕には勇気が足りないし、自信も足りないし、愛も足りていないから、いつもその背中ばかり見ていて。

隣の家の二階の窓が、少しだけ開いていて、名前を呼んだら、もしかしたら顔を出してくれるかもしれない。でも、僕の震えた澱んだ声が、外に漏れ出すだけに終わるだろう。そう思うといつも喉の奥がぎゅっと絞まって、唾を飲むことさえ苦しくて。無視されるのが恐くて、でも見付けてほしくて、僕のことを、忘れないでほしくて。

あなた以外の人は僕のことを見付けてくれなかった。僕の手を握ってくれなかった。僕を連れ出したのもあなただった。その手に引かれて、僕は初めて夜の外に出た。子供の頃の、たったそれだけのこと。それが、僕の人生で、煌めいていた一瞬。それ以外は、苦しみだけだった。

こんな人生嫌だった。どうして僕はこんなふうにしか生きられなかったのだろう。どこで間違ったのだろう。最初から間違っていたのだろうか。ずっとあなたのことだけを考えて生きてきたのに、どうしてあなたに二度と会えずに死んだのだろう。

もう一度あなたに会えるなら、今度は後悔のないように生きる。それはとても難しいけれど、あなたに会えるなら、僕は辛いことも楽しく変えて、懸命に生きる。生きて、もう一度会いたかった。もしもあなたに会えるなら、今度は、ちゃんとした僕を見てほしい。褒められたい。愛されたい。

そして、僕はあなたを呼びたい。

あの夕焼けが差し込んだ部屋から、ずっとあなたを呼びたかった。今度は僕が外に誘って、あの時の花火みたいに、綺麗でキラキラしたものを一緒に見たかった。

僕は僕じゃない違う僕になって。

僕は僕じゃない違う僕になった。

あなたを呼ぶために僕は居る。


遥か下から光が、ファン、という音を立てて私の風切り羽の傍を掠めていった。驚き急旋回をする。ファン、ファン、と発射される筒状の光は、七色が絡み合ったような複雑な色合いでとても美しい。

その思いもよらぬ攻撃に、私は些かビックリしたが、目を凝らせば、一体どこからその筒が飛んでくるのか、薄らだが見えた。

星を繋いで星座を描くように、攻撃地点を繋いでゆくと、それは幾筋かの道になった。どれも、ある方向に向かって延びている。私が目指す場所とその場所はどうやら一致しているようだった。

私の故郷では、まだ世界とダルマの攻防戦が続いている。

不規則に突き上がってくる七色の光をよけながら、群れは更にスピードを上げた。

やがて白い霧の中に突入する。最初は雲かと思ったが、アメノコの社からここまでは雲にぶつかっていない。きっと私が飛んでいるのは空であって空ではない、特別な空間なのだ。だから、この霧も雲ではないだろう。むしろ、公園で私自身が放出していた霞に似ている。

その霧が晴れた時、そして私の目の前に、巨大な七色の渦が現れた。

渦に呑み込まれそうになった群れは散り散りになり、渦の様子を窺える位置で集まった。

渦のある場所は私の故郷のある場所だ。

七色の下には人間の住まう地が見える。

私は群れを率い、時間をかけて渦の周りを一周した。

渦の中は刻々と変わり続けている。そして至るところから、ファン、という音と共に光の筒が発射されていた。その光は闇に呑み込まれていくが、発射された場所は、遠目ながら、空間が歪み、陽炎のようになっているのが見てとれる。歪みはやがて周りに浸蝕されてなくなるが、他で無理が発生し、再び光の筒が、ファン、と音を立てて発射される。

いや、発射されるのではなく、闇に引っ張り上げられているのだ。溜まった異常な力が爆発する前に、誰かが別の場所から吸い取っているように感じた。

誰だろう。

「悩む前に行くのだ」

私の心が読まれていた。姿は見えない。

そうか、神だ。きっと、八部柵に関わりのある神が必死に世界の崩壊を食い止めているのだ。

「早く行け！」

私は少し上昇してから、渦の中心に向かって急降下した。


渦の吸い込む力もあって、鳩の姿が失われそうなほど細く鋭くなって、私は故郷へと帰還を果たした。

外から見ると異常で不安定な世界のくせに、中はいつも通りの人間の世界だった。

夜だ。空もある。星が見えている。雲一つ無い綺麗な夜空で、風が少し強いが、あまり寒くはない。すっかり春の風だ。

周りの鳩達もクルクルと声を出した。

私を呼ぶ声が聞こえる。

もっとあの声が聞きたい。私を呼んでいる声を。

音を手繰って辿り着いた場所は、蜂蜜色に輝く巨大な建物だった。

その上空に、一人の人間が浮かんでいた。人間に似ているが、どう考えても神の類だ。

「やっとか」

その声は、空の上で聞いた声と同じだった。鋭い目付きで私を見てから、すっと消えた。

礼を述べることすらできなかった。

すると、一羽の鳩が私の頭上に躍り出て、翼を丸く広げて覆い被さった。

「うわ、なにっ」

鳩が次々と私に覆い被さってくる。

少し離れた空を飛んでいた鳩達も、私目がけて何度もぶつかってきた。

身体が重い。

そう感じてしまった瞬間、私は落下した。

アリーナＢｅクイーンの天井が迫ってくる。天井は沢山の六角形が幾重にも折り重なった網のようなものだった。ここに激突したらところてんのようになってしまうな、痛そうだな、などと悠長に考えていたら、私は天井を通り抜けていた。

「あれ……」

大きな大きなすり鉢形の上空に、私は羽ばたきもせずに浮かんでいる。白い靄が薄らと辺りを泳いでいて、空気は澄んでいた。催し物もなく、もともと広いであろう空間がより広大に感じられる。

アリーナの中心、私の丁度真下に、一際目映く、まるで一番星みたいな光が一点輝いている。

声が聞こえた。

でもそれは声ではない。音だ。ギターの音だった。

音に優しく手を引かれるように、ゆっくりと下降をし、輝く星の前にそっと降り立った。

星が人の形になり、サモンジに変わった。アコースティックギターを抱きしめて、サモンジは私をまじまじと見ている。

「私を呼んだね？」

「……呼んだよ。ずっと呼んでたよ」

「ずっと前から」

「……そうだよ」

「私は、誰？」

「……瑛」

瑛。そう、私は瑛だ。

胸の奥から熱い感情が溢れ出してくる。私は、瑛だ。

「呼んでくれて、ありがとう」

それは涙に変わった。

「な、なんで泣いてんの？　どうした、どうした？」

慌てふためくサモンジがおかしい。

「嬉しくて、笑いを通り越しちゃっただけ」

良かった、そうサモンジは微笑んだ。

「おかえり」

第十四章

「おかえりってのも変か。瑛はずっと〝ここに居る〟ことになってたし」

「どうゆうこと?」

「瑛は生まれてから一度も八部柵の外に出たことがない、……ということになってるの」

私はいつの間にか人の身体の中に戻っていた。

でも、以前の自分の身体の感覚とは違う気がする。指先、毛先、睫毛の先にまで、自分という意識が浸透し、身体の輪郭が頭の中で再現できる。足瘦せばかりに気を取られていたが、骨盤の位置が少しずれているようだ。

そしてもう一つ。世界が物凄い勢いで整頓されていっているのが、ありありと分かった。人として八部柵にいた頃には全く分からなかった世界の力、それを肌で感じる。

私が八部柵に戻ったことが、辻褄合わせを最終段階に入らせたのだ。

アメノコの言う通り、私は人の中に戻れた。だが、人ではない。

この、人の肉体は、単なる肉体ではなくなっていた。ダルマの一部が染み込んでいる。鳥肌が立っていた。ダルマが感じている恐怖に同調している。

「ねえサモンジ、私ってここでどんな存在？」

「んー。神様」

やはり世界は完成間近だ。

「サモンジは、その、私の……」

「眷属、らしいよ。お使い？」

「……いつから？」

思わず聞いて、はっとした。また余計なことを聞いて七色の光に飲まれるのでは、と思った。

だが、サモンジはケロッとして答えた。

「つい最近。でも、生まれた頃からそうゆう運命っていう設定」

「自覚……あるんだ」

「最近、ね。ちょっとずつ分かり始めた。翔ならもっとはっきり分かるんだろうけど、あいつは……ここんとこ、いないし」

サモンジの案内で外に出ると、夜だった。アリーナの六面の側壁の一角に、蜂蜜色の鳥居ができていた。

アリーナの光に照らされて、巨大なトラックが停まっていた。

てっきりアリーナでコンサートをやるアーティストのツアートラックかと思ったが、サモンジはすたすたと近寄ってドアをノックした。

「おうい、寝てら？」

窓が開いた。

「起きてらって」

顔を出したのは、翔だった。私を見て手を振った。

「瑛、お帰り」

「な、なんで居るの！」

「なんでって言われてもなぁ……」

「だってさっきサモンジは……」

あ、と私は口を噤んだ。サモンジの言っていた翔とは清川翔ではなく、加賀翔のことだ。ゆかりが翔の中に存在していたように、加賀翔もサモンジの中に存在していたのだ。ずっと。

「こいつ、ここ最近このトラックで生活してんだぜ。家もあるのに半ホームレス」

「ホームレスじゃねえっての！」

「最近これで生活って……最近は翔、東京に居たよね」

「瑛ってば、飛ぶの遅すぎなんだよ。きっとすぐに飛んでくるんだろうなと思って、あの神社出た後そっこーで新幹線で八部柵戻って、サモンジに事務所からトラック借りさせて、東京戻って、引っ越しの手続きして、俺一人で引っ越し作業して、八部柵戻って……。んだのに全然戻ってこないし。ほら、いつの間にか桜前線もここまで北上してきてら」

「そんなに時間経ってた？」

「あそこの神様が放してくれないのかなー、なんて」

翔は笑いながらトラックから降り、荷台を開けてみせた。

そこには、部屋があった。私の部屋だった。ベッドや冷蔵庫、洗濯機、テレビ等、生活道具一式が詰められている。詰められているというより、使われている。

「ちょっと！　あんた、ここで生活してた？」

「いいじゃん、少しくらい。ってか、ほら、この『Mr．搾取』のドン引きするくらいのグッズ！　捨てないで持ってきたことを褒めろじゃ」

壁にはちゃんとポスターが貼ってあった。

「あああ！　ありがとう。本当にこれはなくなったら生きていけない！　人間辞めて引き籠る！」

死ぬ、ではなく。

「ありがとう、ほんとありがとう、翔、あんた命の恩人！」

「どういたしまして。ほら、サモンジがドン引いている」

はっとして振り返ると、サモンジは苦笑いを浮かべていた。

「……ちゃんと勉強するすけ」

「それとさ、瑛……」

翔が懐からなにかを出そうとした時、ふと、私達三人は、空を見上げた。

満天の星空だったが、アリーナの上に渦巻く巨大な力が見えていた。

私の肉体がざわついている。

ダルマが……ざわついている。

笛の音が聞こえた。


次の瞬間、私は白い島になっていた。

以前見た夢だった。起きながらにして、夢を見ているのだろうか。

傍には温かくて、柔らかくて、でもしっかりしていて、頼りがいのある、ともかく心強いなにかが二つある。翔とサモンジだと思う。

頭の上には懐かしい故郷が浮かんでいて、周囲には恐ろしい闇の海が広がっている。

でも翔とサモンジがいるから大丈夫だ。あの海に襲われても守ってくれる。

ではダルマは?

私の疑問に答えるように、ぽん、と白い姿が現れた。だがどうも様子がおかしい。ダルマの姿ではなく、ただの白い球だった。今にも黒い海に飲まれようとしている。

それを逃れるように身体をぐにっと曲げて瞬間移動をする。だが海は静かにダルマを追う。

ダルマが逃げる。海が追う。あの黄色い奴等はどこに行ったのだ。

すると黄色い球が現れた。こちらもダルマの姿をしていない。どっちが望みでどっちが願いか分からない。その球はダルマを助けることをせず、何故か私の周りをぐるぐると回っている。

「ん、なんだこいつら」

サモンジが鬱陶しそうに呟いた。

「どこかの使いだな」

と翔。


私はぱちっと目を開いた。

周りにはサモンジも翔も居ない。あの蜂蜜色に輝くアリーナすらない。世界の力でまたどこか変な空間に入り込まされたのだろう。

ヒルコになったのに、まだ世界に作用されてしまうのかと思うと、異様に腹立たしく、私は久しぶりに地面を足で蹴った。

空に似た宙に浮かんでいる丸い物は、太陽でもなく月でもない。

肌がぞわぞわしていた。

ダルマは、まだ戦っているのだ。

大丈夫だろうか。

この世界に居るのだろうか。

世界をぐるっと見渡したが、広々とした草原が広がるばかりで、ダルマの影も人影もない。

「ダルマー」

呼びながらあてもなく歩いたが、声はどこかに吸い込まれ広がらず、歩いても歩いても景色が変わらない。だが、先程まで草原だった足元は湿原へと変わっていった。草は生い茂っているが、根本は浅い池になっている。

もう少し歩くと、一面が水辺と化した。

笛の音に似た穏やかな風が、水面に淡い模様を描き、映り込んだ天の光を万華鏡のように反射している。ぽくん、ぽくん、と水の中から空気が生まれる音もする。

心休まる世界だ。

けれど、肌がぞわぞわする。

怖い。

「ダルマー！」

呼んでも出てこないのは、ダルマの名前がダルマではないからだろうか。

「どこー？　ダルマ！」

ぽっかりと、ギターが目の前に浮かんだ。

私の部屋に突然現れたあのエレクトリックギターだ。

ダルマと呼んだらギターが出てくるなんて、こいつの名前はダルマなのだろうか。

もしくは、これで呼べということか。

手にするとずっしり重い。ギターのストラップを肩に掛けた。緊張する。ポケットに手を入れると、丸みを帯びたピックが一つ入っていた。

笛の音が聞こえる。風が吹いて私の髪を踊らせ、ピックを持った手の小指で口にかかった髪をどける。笛の音だと思ったのは、風の通り過ぎる音だった。

そして音の先、風の先に、ひっそりと佇む人影があった。いや、人じゃないかもしれないけれど、人型だった。背が高く、撫で肩で、なんだか人間離れした荘厳な気配だったけれど、とても懐かしい気もする。どこかで見た気がする。どこだったろう。

そうだ、翔とサモンジが戦った時、私は一度会っている。

細く開かれた切れ長の目。口元にうっすらと笑みが浮かんでいる。

頭上から注ぐ薄明かりの下、衣の裾をはためかせながら、私を見守っている。

人間の時には全然気が付かなかったが、この地は色んな者に守られているようだ。あそこにいる穏やかそうな神や、アリーナＢｅクイーンの上で出会ったあの神。

そしてダルマ。

きっと他にも沢山の神が居て、住まう地を慈しんでいるのだろう。それがどんな方法なのかは、神になりたての私には分からないのだけれど。

名も知らぬ神の眼差しに微笑みを返してから、ギターのネックに手を当てた。

ピックを弦に当て、軽く押すようにして弦を弾くと、耳障りな音が手元から放たれた。サモンジの奏でる音とはまるで違う。駄目だな。やっぱり私に音楽の才はこれっぽっちもない。

もう一度弦を弾くと、神経が逆さに撫でられるが如き不快な音が飛ぶ。

「ああ、もう！」

自ら出した音に殺意を覚えた。耳の中に響き渡る理想の音色は、子供の頃に夕方聞いていたベンチャーズだ。あの、たどたどしいけれど思わず聞き入ってしまう音。その繋がり、その流れ。

そして、さっきまで私を呼んでいた、あのサモンジの音色。

何故だか嫉妬心に駆られた。いつにも増して感情の起伏が激しい。そしてコントロールができない。嫉妬は黒々と、そして赤々と燃え上がる。生理が近いのだろうか。

怒りを発散させるように、私は不快音をかき鳴らした。

足で地を何度も穿つ。音を探していた私の指先に痛みが走った。弦を触り慣れていない指の皮が、破れた。

奥歯が噛みしめられている。気が付いて力を抜くと、ふっと軽い息が漏れた。同時に、ちょっとだけ綺麗な音が放たれた。

「あ」

思わず笑みが零れ落ちた。

指は貪欲に音を鳴らしている。血で弦が滑る。ピックを持つ指の関節が腱鞘炎になりかけていた。ストラップを掛ける肩にも違和感が出始めている。身体が熱く、蒸気が上がる。耳どころか頭に音が響く。私の放つ音色は凄く耳障りなのに、とても澄んだ思いを内包して、似たようなフレーズを何度か繰り返し、そのたびに私の心を映し出していく。

どうしてこんなに呼んでいるのに、来てくれないわけ。あのダルマ！

とどのつまり、私の音は怒りを表している。その音の集合体の威力は想像以上だった。むしろ異常だ。

大地が割れ、空が割れ、暗闇が訪れたかと思うと、大地の割れ目から赤い光がほとばしる。赤い色にそぐう灼熱焦熱が空へと向かい、辺りを歪めた。
私の音がより激しく、よりざらつき、より怒りを出せば出すほど、世界が赤く黒く染まってい
く。その音は地響きさながらで、今にも大地が粉々に砕けてマグマが天に向かって噴き上がって
しまいそうな不穏さがある。
地響きは所謂、私の叫びだ。
ダルマ。出てこい。私は怒っている。こんなにも呼んでいるのに、姿を現さないから怒ってい
る。だが勘違いするな、世界を変えたことには怒っていない。あれは私の願いだった。望みだっ
た。それをお前は叶えてくれた。
だからもう怒っていない。むしろお前にお礼を言いたい。心の底からありがとうと言いたい。
どうしてだか分からないけれど、感謝が止まらない。
すると、まるで私の感情の振れ幅に合わせたように大地が一際大きく揺れ、私の足元と目の前
に真っ直ぐ延びる細い道筋を残し、マグマの波に飲み込まれた。
マグマの海。蒸気が至るところから噴き出す。ごごごご、という地鳴りの音は鳴りやむことは
なく、絶えずギターの音を膨らませる。
道の遥か先に人影が現れた。それは赤い光を浴びていながらも、有り得ないほど真っ白だ。
人の形をしているが、顔には目も鼻も口も耳も無く、髪も無く、頭と首の境が滑らかだった。
肩も不自然なくらい滑らかで、腕は異様に長い。関節というものが存在していない。足もある
が、細長く、身体を支えきれずにふらふらしている。

胴体らしき部分に、黄色い布が巻き付いている。顔の両側面に黄色い輪が埋め込まれている。

ダルマだ。

灼熱に包まれているのに、私は寒くなった。

のっぺりとしたダルマは、細い足でゆっくり、ふらーり、ふらーり、と私に向かってやって来る。苦しそうな歩調。一歩足を出すたびに転びかけ、身体の輪郭が歪む。

だが近付いてくるに従い、ダルマの足取りがしっかりしてきた。関節ができ、輪郭が整い、髪の流れや顔の凹凸や筋肉の膨らみがはっきりしてくる。肌に色が付いた。

ダルマは私の目の前に立った時は、完全なる人間だった。ありがたくも腹立たしい、アノ姿だった。その顔で、ダルマはそっと優しく笑った。

「獣よ、ありがとう」

私が言うべき言葉を、ダルマが先に口走る。

「それはこっちの台詞なんだけど」

ダルマが目を真ん丸くさせた。

「獣よ、どうして我に礼など言う？　周りがこんなになるくらい怒っているというのに」

ここは荒れ狂うマグマの海原の真ん中だ。

「これは違う……これは別に……、私はただ心配で」

「心配。ほう、心配ね」

「なに、文句ある？」

「ない」

即答だ。

「だが心配することはないぞ、獣よ。我は大丈夫だ。それにまだお前の望みと願いを叶え終えていないのだ。さあ、獣よ。そんな我とそっくりな姿をやめてしまって、人に戻るのだ」

私の本当の姿が見えているらしい。

ダルマの指先が光る。その光を、ダルマはそっと私の頬に撫でつけた。私の身体が光に包まれる。

「え……でも……そしたらまた世界が」

「獣よ、そんなこと気にするな。我はそんなものどうとでもしてやるぞ」

「でも、でも……」

いきなり、ダルマの姿がぐにゃっと歪んだ。私がびっくりして後ずさると、

「すまん」

とダルマは謝って、大きな白いジェルになる。ジェルの周りには黒い闇が浮かんでいて、ダルマを侵食しようとしていた。

「ダルマ！」

「大丈夫だ」

どこが大丈夫なものか。

現に私の肌はぞわぞわと恐怖にざわついている。ダルマを侵食しようとする闇をとっさに手で

叩くと、じゅっと音を立てた。そして掌に息が詰まるほどの痛みが走る。灼熱の痛さだ。

「うあっ」

「獣よ、下がっていろ。我は大丈夫だ」

ダルマはうねりながら瞬間移動をし、逃げまどう。夢で見たあの光景そのままだ。

黄色いコマダルマ達はどうした。何故ダルマを助けない。どうして傍に居ない。

「全くもう！」

下がっていろと言われて下がっていられる光景ではない。あの闇は怖い。それが私にはよく分かる。だが今の私は人で、白いジェルとなって様々な姿に転変することもできない。せいぜいギターをぶん回すくらいだ。

ダルマは遥か遠く上空を、と思えば、瞬間移動をして私の肩を掠めていく。掠め行く瞬間にギターで闇の一部を叩き落とした。僅かしかやっつけられなかったが、地面に落ちた闇を拾い上げると、痛みも熱も感じず、暴力が十分に有効であることが証明されている。

この闇色の存在は、なんなのだろう。

「理だ」

声がする。それは傍観に徹していたあの神だった。

「この世の理だ」

「……これが？」

「理に反する者を排除する」

「じゃあダルマは……」

「理に反している」

「それは……私のせい」

「あの者自身の身から出た錆というやつだ」

「どうすれば理からダルマを助けられる？　理っての、怖いんだよ」

「怖くはない。怖いと思うのは、理に反した存在だからだ」

私もダルマと同じく理に反している。

「でも、あの闇は私を追わずに、どうしてダルマだけを追っているの。私も同じく、理に反する存在だし、この地の変化の原因なのに」

神は目を細め、口を閉ざした。

ぞっとした。この神は、神じゃない。私を見張っている。

「……もしかしてあんたが、世界？」

「否。私は……六道を行き来する者」

穏やかな笑みに隠れている迫力に、気圧された。

「ヒルコよ、責はお前にはないが、このままではお前の魂を六道の輪廻に戻さなければならぬ」

「ロクドウ……リンネ？」

「お前が存在しているのは、六道輪廻より外したからだ。理が、それが最も都合がよいと判断したためだ。私もそれでよしとした。だがあのヒルコムスヒはよしとしなかった」

ヒルコムスヒ、ダルマのことだ。

「六道輪廻を外れる。すなわち餓鬼道阿修羅道畜生道、そして地獄道に堕ちることもない」

「なんだかいいことのように聞こえるけど」

「再び人として生まれることも叶わぬ身だ。つまり、人ではなくなる」

「……」

「あのヒルコムスヒはそれをよしとしなかった。だから、まだ理に反発している。このままではお前を輪廻に戻してしまわなければいけない。戻せばあのヒルコムスヒもお前も、消えなければならないだろう。しかし、あのヒルコムスヒはお前を消すなという。これでは堂々巡りだ」

細められていた目が開いた。

びくっとして、私は息を呑んだ。

「消すってどうゆうこと?」

「原因を元から断つ。あのヒルコムスヒ、そしてヒルコになるであろう鳩瑛という人間が再び出逢わぬように、最初からなかったことにする。あのヒルコムスヒとは別のヒルコムスヒが生まれるだろう。お前も、別のお前が生まれるだろう」

「そんなの、絶対に嫌だ」

ロクドウの神の目が光った。

すると、私を包んでいた白い光が吹き飛んで、消えた。

私は、再びヒルコになった。

「ああ。なんということをするのだ」

と、世界の理から逃げまどっていたダルマがやって来る。そして再び私の身体を光で包みこんだ。すると私は再度人間となる。

「ヒルコムスヒよ、いい加減にしないか」

「む。我は、我は望みを、願いを叶えるのだぞ」

そう言って、ダルマはロクドウの神にたてついた。その時だった。

闇が迫っていた。

津波のように押し寄せてくる黒いもの。その圧倒的な大きさに、私もダルマも、あっという間に呑み込まれてしまった。

助けて！

叫ぶ暇さえなかった。

第十五章

闇の中、私は人だった。ダルマの力で、その時、人に戻っていた。

その私の傍で、ダルマが今にもあぶくとなって消えそうになっている。でも、単なる人であるはずの私は、まだ輪郭を留めていた。

どうして、と思っていると、私の周りをくるくると旋回する光の球を見付けた。小指の先程の光達。それは幾つもに分裂し、時に一つに集まり、かと思えば霧のように細かくなる。そうやって、私を世界の理から守っている。

――瑛。

呼ぶ声がした。どこだろう。闇の中で、方向が分からない。

――こっちだよ。

こっちって、どっちだろう。

――早くおいで。

どうやって。

――こっちだよ。おいで。

私の周りを飛んでいた光の球が、ついっと目の前を通り過ぎた。それを目で追うと、遠くに小さく輝く星があった。

――瑛。

あの星が呼んでいる。行かなくちゃ。

私は光の球に守られながら星を目指した。

でも、ダルマは？　振り返ると、ダルマの姿がない。あぶくとなって消えてしまったのだ。

「ダルマ！」

捜さなければと戻ろうとした時、じゅ、っと左目の辺りに熱いなにかが当たった。

「あああ！」

目を押さえて叫び声を上げた。光の球が集まって闇に突っ込んでいく。

――瑛、こっちだ。

星の声に従って私は一目散に逃げた。しかし、私の踵や肘を灼熱の痛みが襲う。光の球が何度も何度も闇を追い払ってくれたが、私を呼ぶ星は遠かった。

私の傍で、光の球が怒鳴った。

――お前なぁ、呼ぶだけじゃなく少しは動いてみせろじゃ！

すると、一拍おいて、星が激しく輝いた。そこから触手のように光の筋が伸び、私の腕を引いた。ぐんぐんと引っ張り寄せられる。星が大きくなっていく。

――瑛！

星にぶつかる。そう思った時、私はどさっと誰かの腕の中に落ちた。

「間一髪」

サモンジだった。

私を呼んでいたのは、サモンジだった。傍に真っ黒い闇があるが、ガラスの壁に遮られてでもいるように、固まっていた。空には月みたいな穴が開いている。笛の音が聞こえた。

「……このグズ！」

と、どこからか罵声が聞こえ、一瞬はムッとしたが、それに答えたのはサモンジだった。

「はぁああ？　こうやって無事だったんだすけいいべや！」

「呼ぶ方なんてなんも使いもんになんねえ！」

闇の壁に穴が開いた。そこから無数の光の球が飛び出してくる。それは見る間に人の形になり、翔になった。

「ほらほらほら、瑛を放せ」

「んがナニ様だ。結局助けたのはわぁだべ？　いいっきゃ、持ってたって」

持つ？　抱くではなく、持つ。

私は、嫌な予感がして、そっと手を上げてみた。が、手がなかった。白いジェルの塊だった。

――……き、きゃあああああ！

私の身体にはアメノコから貰った布が巻き付けてあったので、やどかりのようにその中に潜り込むと、ふちをぴたっと合わせた。布の中からでも外が見えるのが不思議だった。

「……瑛、気にすんな！」

とサモンジが子供をあやすように揺さぶったが、気にするなというその気が知れない。

でもどうして私は身体から出てしまったのだろう。肉体が世界の理に消されてしまったのだろうか。否応なしにヒルコにするために。

「いや、瑛の身体はまだある。この中に……」

翔が闇の壁を指差す。

——け、消されたも同然じゃん……。

「……うーん。俺等はまだ人だからなぁ、この闇をどうにかできるほどの力はないんだよなぁ。それに俺、もう一度あの中に入って無事でいられる気がしない。瑛の傍だから相互作用で無事だったようなもんだし。サモンジ、お前さっきみたいに引っ張り出せるか？」

「いやー、ちょっと無理かな。どうやったか覚えてないし」

「……使えない」

「無我夢中だったんだって」

——ねえ、どうして世界の理はこっちに押し寄せてこないの。

「ああ、それは多分、あいつらがどうにかしてるんだと思う」

翔が指差した先に、黄色い球体があった。二つだ。

——……もしかして、望さんと願さん？

私が呟くと、黄色い球体がぽーんぽーんとやって来た。

翔が慌てる。

「だから、これはうちのだから」

すると、ぽーんぽーんと離れていった。

――……。

ダルマを捜しているのだ。

どっちが望さんでどっちが願さんか分からないが、不安そうだった。不意に、望さんと願さんがせわしなく動き始めた。闇の壁に小さな穴が開いた。それはみるみるうちに広がった。

ダルマが出てくるのかと思った。しかし、出てきたのは鳩の群れだった。パサパサパサと、軽い羽ばたきの音を響かせて、私の上に降りてくる。

そして私は、ダルマの力をちょっとだけ感じ、人の身体の中に戻っていた。

ダルマが最後の力を振り絞って、私を人の中に戻したのだ。この身体にはダルマの一部が少しだけ入っている。それが、限りなく小さくなっていた。

「……ダルマ?」

目の前に、一羽の鳩がいた。

それは瞬時にギターに変わった。

笛の音が聞こえる。音と共に、ロクドウの神がふわりと姿を現した。

「いいのか?」

「と、言うと」

「このままだと、あのヒルコムスヒの力で、お前は人に戻れるだろう。だが、あのヒルコムスヒが消えようとしている今、お前に世界の滅亡を止められるか？」

「滅、亡……」

そういえば、ウカタマなんとかという神の使いの狐がそんなことを言っていた。今更思い出した。

「お前は、人であってはならない存在。あのヒルコムスヒはその全力でもってお前を人として留めるだろう。しかしそうなると世界は均衡を崩す。均衡の崩れた世界。この世の全てが歪む。それを世界が見過ごすはずがないだろう。消すぞ。大地が割れるかもしれない。海に沈むかもしれない。風に全てがなぎ倒されるかもしれない」

ロクドウの神は、ふと黄色い球体に目をやった。望さんと願さんは闇の壁の前でうろうろしている。

「世界は、人の手さえも利用する。人は自然に匹敵する圧倒的な力を手に入れた。前回はそれを使ったようだ。世界は残酷だぞ。世界は、この地以外をも巻き込むぞ。この国の上半分が消えてなくなるぞ」

望さんと願さんがつうーっと上に上がった。そして、いきなり、三倍以上の大きさに膨張した。

翔とサモンジが私を後ろに隠した。

ロクドウの神は、六体に分裂し、六方向に一柱ずつ立つ。六角形の結界のようなものが天に向かって伸びた。

結界の向こう、望さんと願さんが更に膨張し、白く変わっていく。

そして、真っ白い光を放った。


一瞬だった。


目の前から、闇が消えていた。闇どころか、なにも残らない。六角形の外に居たらば、私も翔もサモンジも一瞬で蒸気になっていたに違いない。

「……」

荒野から細い煙が上がっている。どこか焦げ臭い風が吹いて、奇妙に生暖かい。

上を向くと、分厚い雲があった。望さんと願さんは黄色い球体に戻っていて、広い荒野をふらふらと漂っていた。

「……望さんと願さんって……なに」

ロクドウの神は言った。

「どうする、人に戻るか？　人に戻れば、世界は容赦なく、消すだろう。とても簡単な方法で。それはきっと、自然を動かすよりもずっと容易い。あのヒルコムスヒが消えようとしている今、人となったお前に、それを止められるか？」

答えは簡単だった。

できない。

「――さあ、呼べ」

ジャラン、私はギターを手に取ると、促されるままにギターを鳴らした。

辺りの空気が鎮まった。

望さんと願さんもぴたっと止まる。

嫌な汗が噴き出して、心臓が気味悪いくらいドキドキしている。

どうしよう。どうしよう。どうしよう。悩むことはない、決まっている。

私が音を出すと、分厚い雲がゆっくりと降りてきた。その一部が、私の頭上でくるくると回り、やがて白くなり、どろっとした塊になる。そのどろっとした身体から黄色い布が生まれ、金色の輪が覗いてきらりと光った。

「獣よ。人になれたか」

と言うダルマは、人の形どころかまともな球にすらなれず、今にも泡になってしまいそうだった。

「ダルマ、私、人に戻らなくていいよ」

「何故だ⁉」

ダルマは心底驚いていた。

「……獣よ、獣よ、どうしてだ。お前は人でいたいと願っていただろう。願っていただろう？」

「うん、そうだけど、人じゃなくてもいいよ」

「だが、だが、だが」

すうっと息を吸い込んで、私はダルマに優しく語った。

「私は、神様になりたいから」

ウソだ。本当は、今だって人になりたい。六道から外されたと聞いて、本当は凄く怖かった。きっとそれは理屈じゃなく、人としてそれが当たり前なのだ。当たり前のことが当たり前でなくなるのが、怖いのだ。

「私はヒルコになった。もう頑張らなくてもいいよ」

「だが、だが――。……もしかして、迷惑だったか」

私は、両目から一粒ずつ涙を零した。悲しくもなかったのに、自然と落ちた雫は、足元に落ちた。それは波紋を作った。

望さんと願さんに灼かれた荒野は消え、浅い水瀬に私は立っていた。笛の音のような風が吹き、穏やかな闇に包まれ、空にぽっかり浮かんだ丸いなにかから注ぐ薄明かりが辺りを照らしていた。

「そうか」

と、少しだけ悲し気にダルマが呟いた。

「……迷惑なわけないじゃん」

「いいのだ。我はまた迷惑をかけたのだ。すまぬな。すまぬ」

ダルマの表面が震えている。その悲しみは、私の中に僅かに入ったダルマの残滓からも伝わってきた。

「……ふふ。ふふふふ」

　私は、笑った。

「獣？」

「迷惑って、あんたね。私の頭ん中全部見たって言ってなかった？」

「む。言ったぞ」

「じゃあ忘れてるだけ？」

「む？」

　私は高らかに叫んだ。

「私は、ニートになりたい！」

　人としてどうなのかと思う。しかし、私はもう人じゃない。

「神様なんて、究極のニートじゃん！」

「む。それは死んでからだろう」

「もう死んだ。二回くらい死んだ。だからいいの！　私はヒルコ！　神になりそこなってる神！　究極ニートだよ、ありがとう、ダルマ」

　全身全霊で明るく言ってやった。もしもこれでダルマが悲しそうになにか言ったら、ギターで思いっきりはたき落としてやろうと思った。

　次の瞬間、目映い光が私の目を突いた。私や翔やサモンジとは種類の違う輝き。痛みさえ伴う激しい輝き。それに思わず目を瞑る。

光が穏やかになり、ゆっくりと目を開けたそこには、ダルマが涼し気に立っていた。

勿論、私の大好きな姿でだ。もう咎める気はさらさらない。好きにすればいい。

それに、白いジェルが人の姿をとるのにどれだけの労力が必要なのかは、嫌というほど身に沁みているのだ。ただ肖像権に触れないかが心配である。

水面に丸い光が映り込んでいる。

狐が耳をひょいっと動かした。

「うお。獣よ、獣がこっちを見たぞ」

「は？」

ダルマは怯え、私の背後に隠れようとするが、百八十一センチの大男はどうやっても私の陰に隠れきれない。

怯えたダルマの視線の先に、一匹の狐がいた。やはり見間違いではなかったようだ。小さな白い狐だ。私の前にてててとやって来て、胸を張ってから会釈をした。

〈ご無事にお帰りになられたようでなによりです〉

「……どうも」

採掘場で会った狐にそっくりだが、態度が妙にかしこまっている。別の狐だろうか。

〈ウカノミタマノカミより遣わされました。お戻りの際に手助けをするように、と〉

仕事中だからかしこまった態度というわけか。耳をひよひよ動かして私をじっと見上げている。

その狐を、翔とサモンジがじっと見ていた。二人は同時に首を傾げ、目を細め、しゃがみ、狐を撫で回し始めた。

「サモンジ、なんか見える？」

「んにゃ。なんか居る気はするんだけど、分かんねーな」

「二人とも見えないの？　翔は東京で見えてたよね」

「ああ、獅子だろ。途中から見えた。でもここに居るのは……見えない」

どういうことだ。そしてアメノコの使いは獅子だということを初めて知った。

狐がかいぐりかいぐり撫で回されながら迷惑そうに言った。

〈ああ、多分……、八部柵の使いが八部柵の人間に見えたら大変なことになるので、世界が微調整をしたのだと。……音楽をやっている者には特に〉

なるほど。確かに、あんな動物の群れを見せつけられたら外で音楽なんてやれやしない。

〈多分、この方々も、人としての命を全うし、完全なる眷属となったら、八部柵の使いを見ることができるでしょう〉

ということは、翔もサモンジも、少なくとも、死ぬまでは人なのだ。

狐は翔とサモンジの手から逃れ、私の足元に座り直した。ダルマがびくっとしている。

〈あなたがダルマの神ですか。初めてお目にかかります〉

「う、うむ」

〈ウカノミタマノカミの使いです〉

「ほう」

〈ウカノミタマノカミを御存じでしょうか〉

「……」

知らないらしい。

〈なにぶん忙しい身で、双方のヒルコ様にはなかなかお会いできないかと思いますが、暇を見付けて再度ご挨拶に伺うと思います。その際はなにとぞよしなに〉

「再度？　一回会ってるの？」

私が尋ねると、狐はこくりと頷いた。

〈アリーナBeクイーンの上で〉

「あ、あの神様！　あれがお稲荷さんだったんだ。なんだか……、あんまり狐っぽくないんだね。というか、全然狐じゃない」

〈はい、初めて会う方は大体そう言われます。それがお悩みのようで、最近では狐の耳か尻尾でも生やすべきかと本気で考えていたようです。猛反発しましたら、なんとか思いとどまってくださいました〉

そして狐は、ロクドウの神にも頭を下げた。

〈地蔵菩薩ですね。お久しぶりです〉

地蔵。言われてみれば地蔵っぽい姿にも見えてきた。地蔵は、優しいのか怖いのか判断つかない眼差しを私とダルマに向けてから踵を返し、水の上をひたひた歩いて去っていった。まるで闇に溶け入るようだった。笛の音が微かにした。

地蔵が完全に気配を消すと、黄色い球体がポーンと飛んだ。そしてダルマの顔に、ぺし、ぺし、とぶつかる。

「おお」

ダルマが嬉しそうに黄色いものを掴むと、ポン、ポン、と黄色いダルマに変わった。腹にはやはり、『望』『願』と書かれている。望さんと願さんは「む」「む」とか呟いていた。ダルマの腹話術ではないようだった。

チリーン。

どこからともなく自転車が現れた。カゴがボコボコで、望さんと願さんを入れようとしても二体は入らなかった。荷台に積んでいる小さな社も殆ど壊れている。自転車自体もかなり傷がついていた。世界の理に追い回されてこんな無惨な姿になってしまったのだろう。というか、自転車で逃げ回っていたのがなんとも凄い。そして滑稽だ。

その姿であまり変な行動をとってほしくはないが、私は文句をぐっと飲み込んだ。

ダルマは社の残骸をしばらく見つめてから、無造作にその辺りに捨てた。そして願さんを荷台に括りつける。望さんがカゴの中でひっくり返っていた。

「……どこ行くの？」

ダルマは私を振り向いて、瞬きをした。

「む」

「……神社、もうないけど」

「むう。折角貰ったのだが、なくなってしまった」

「っていうか、今捨てたんじゃん」

「あれは、板だ」

「……誰から貰ったの？」

「む？」

また瞬きをした。

「誰だったろうか」

「……あんたの名前は？」

「名前？」

「……そう、神社の名前でもなく、ダルマでもなく」

「獣よ。お前の名は？」

「私は、瑛だけど」

「それは人の名だろう」

「あー……ヒルコ、は総称なんだっけ……」

「だろう？」

にこっと笑った。

「ではな」

ダルマは自転車に跨がって、悠々と去っていく。そして、見えなくなった。ギターを弾いたら、また会えるだろうか。

「まあ、いいか」

この肉体にはダルマの一部が入っているので、存在していることはなんとなく感じられる。

〈帰りましょうか〉

狐に促された。聞こえているのだろうか、翔とサモンジも小さく頷いて立ち上がった。

「でもどうやって？」

〈ええと、輪を作ってください。手を繋いで〉

ちょっと照れくさい。でも、私は促されるまま、サモンジと翔の手を取った。狐が私達の周りを一周すると、不意に春風を浴びた。

桜が咲いている。

アリーナBeクイーン。

蜂蜜色の光の中に、私達は仲良く手を繋いだ格好で立っていた。

第十六章

「あの黄色いのさ、神様とはぐれてたんだってさ」

アリーナの桜並木の下で、翔がしんみりと教えてくれた。狐は見えないが、黄色いコマダルマとは会話ができたらしい。

「神様が理っていう闇と戦って負けそうになった時に、黄色いのは神様を庇ったんだって。そしたら神様に逆に庇われちゃって、どこか知らない場所に飛ばされてさ、さんざん捜し回ってやっと見付けたと思ったら、瑛だったらしい。超がっかりしてた。そんで少し怒ってた」

「悪いことしちゃったなぁ」

「したら瑛もどっかに行っちゃって、俺やサモンジにお鉢が回ってきたってわけ」

「じゃあ、望さんと願さんにあの世界に連れてきてもらったの？」

「いや、俺が連れてったんだよ。あの黄色いのも、サモンジも。瑛が呼んでたから、すぐ飛んでった。瑛を守るためなら、どこにだって行けるよ」

「――へ、へえ」

「今ちょっとだけときめきそうになったべ」

「んなわけないじゃん」

「はーん。どーだろーね。キスしてみる？」

翔の頭にサモンジの蹴りが飛んできた。

「イッテェ！」

「てんめぇ、早く嫁とガキんとこさ帰れよ！」

嫁とガキ？

そうだった！　忘れてた！　と、心の中で私は絶叫していた。

どうしよう。

清川家の玄関で私を怒鳴った女性を思い出す。その腕に抱かれていた赤ちゃんを思い出す。

すっかり忘れていた。

面倒だ。本当に面倒だ。最悪だ。恋愛感情なんてこれっぽっちもないのに、三角関係なんかに組み込まれてしまった。六道とかいうのと一緒に、そっちからも外してほしかった。どうしよう、地蔵を捜そうか。いや、あの神は叶えてくれそうにない。自分でどうにかしろとつっぱねられそうだ。

ああああ、なかったことにしたい。

本気で思った時、慌てて辺りを見回した。

自分の掌を見た。聞かれてしまっていないだろうか。

「今の、お願いじゃないからね」

と誰かに向かって釘をさしておく。
なかったことになったら、その後がまた面倒なのだ。

了

あとがき

二〇〇九年元日。菊名行きの電車の中で、白洲正子の『両性具有の美』を読みながら新年を迎えました。向かった先は新横浜駅、そこからほど近い横浜アリーナ。たった一人、チケットも無し。冷たい空気と孤独感がとても気持ち良い夜でした。

なにをしに向かったのか、その目的は現在でもよく分かりません。ただクリスマス商戦が終わり、年末のせわしなさと新年へ向けての高揚感の中、ふと、

『よし、横浜アリーナに行こう。いや、行かねばなるまい』

と思い立ったのです。恵比寿の飲み屋でそう決心したような気がします。

誰かに宣言していれば、そんなアホなことは止せ、と心配してくれた人が居たかもしれませんが、幸か不幸か、こんな意味不明な行動を誰かに言って回るほどの剛胆さは持ち合わせておらず、年明け三十分後には横浜アリーナの前に立っておりました。

そしてそこには在ったのです。

巨大なダルマちゃんを配した、福山大明神が。

なんだ、これ。

神社を観察したり、アリーナを観察したり、ファンを観察したり、交渉の末にパンフレットと毛玉のストラップを購入したりしているうちに、アリーナの中での祭りが終わりました。

直後、神社に押し寄せる、人、人、人。誰もが神社に手を合わせ、なにかを祈願し、写真を撮っています。黄色いダルマちゃんにライトが当たりすぎて上手く写らない、そうぼやくお姉様方。

確かご利益は『ヒメハジメ』に関することだったと記憶しております。何千、何万という人が良いヒメハジメが行えるよう祈願したに違いありません。

しかし、……それは誰が叶えるんだろう。さっきまでアリーナで歌っていた人だろうか。ではあの方は人ではなく福山雅治尊とでもいう神だったのか。それともここには書きにくいあの名前でのご降臨か。社の中には確か赤いダルマが居たが、ダルマが依り代か。じゃあ、あの方はダルマか。願いが叶ったら、お礼をしに再び参拝しなければいけないが、神社の撤去後はどうすればいいのだ。お願いをした神社に行けなければ近所の神社でもいいらしいが、福山雅治尊は他の神とのネットワークはあるのか。

どうなのだ?

疑問が生まれ、物語も生まれました。

調べました。どんな人物なのかを。探りました。ファンの方々の心理を。探しました。鎖骨を。紛失しました。㊗扇子を、稲佐山で。諦めました。色々と。

そして約十一ヶ月の月日を経て、ようやっと、どうにか、物語をまとめることができました。それもこれも沢山の方々のおかげです。あの時あそこで擦れ違ったそこのあなた、もしかしたらあなたの何気ない一言が、この作品のどこかに大きな影響を及ぼしているかもしれません。

また、殆ど飛び込みだったにもかかわらず作品を読んでくださった上、出版に尽力くださった久米様、物語を作るにあたり沢山の助言と励ましとお時間をくださった桑原様、及び文芸社の皆様、ありがとうございます。桑原様には本当にご迷惑とご心配をおかけしました。

そして横井三歩様、突然依頼のメールを送った失礼を気にせず、快くカバーイラストを引き受けてくださって、本当にありがとうございます。一か八かの依頼でした。嬉しさと同時に驚きもしました。

アーティスト「福山雅治」の情報を持ってきてくれる職場の皆様、それに辟易しているそこの君達、ありがとうございます。その殆ど全てがこの作品の糧となっております。

チケットを取るのに協力をしてくれた柴田様、ありがとうございます。まさか稲佐山のチケットまでどうにかしてもらえるとは夢にも思っていませんでした。

パソコンが壊れた際に力を貸してくれた親友達、感謝感謝感涙です。本当に助かりました。

そして、二〇〇七年の夏、福山雅治という存在を知らせてくれて、更に今年の夏、稲佐山のチケットを譲ってくれた恩人。

小澤織様。あなたがいてくれて、本当に良かった。

福山雅治様。多分もうお気付きかと思いますが、勝手にお姿と人生の一部を拝借させていただきました。

物語の中に出てくる設定で、明確なモデルの方は福山雅治様だけです。

その……ごめんなさい。

ありがとうございます。
この二つ以外の言葉が全く浮かび上がりません。本当にありがとうございます。本当にごめんなさい。この物語に対し、制作者へ真正面から文句を言う権利がある人間は、唯一あなた様だけだと思います。

最後に、私の故郷とそこに生きる方々にこの物語がどのように伝わるのか。それが心配であり、また楽しみでもあります。
そして、紛れもなく私という一個人を育んでくれたその場所と人に、常に感謝と郷土愛を忘れてはいないことを、この場を借りてお伝え申し上げます。ありがとうございます。

二〇〇九年　十一月吉日
零王　白彦

著者プロフィール

零王 白彦（れいおう しらひこ）

青森県出身。
リンゴは適度に好き。

望願！ 福山大明神

2010年3月15日 初版第1刷発行

著 者 零王 白彦
発行者 瓜谷 綱延
発行所 株式会社文芸社
〒160-0022 東京都新宿区新宿1－10－1
電話 03-5369-3060（編集）
03-5369-2299（販売）

印刷所 株式会社フクイン

ISBN978-4-286-08511-1
JASRAC 出0915140－901